euphoria

DER KAMPF DER GÖTTER

Impressum:

5. Auflage
© November 2024 Nina Nell
Umschlaggestaltung: Nina Nell
Coverbild: Pixabay
Satz und Layout: Nina Nell
Verlag: BoD · Books on Demand GmbH,
In de Tarpen 42, 22848 Norderstedt
Druck: Libri Plureos GmbH, Friedensallee 273,
22763 Hamburg
ISBN: 978-3-7597-7022-6

www.euphoria-lane.de

Verloren auf einer Reise,
den Weg in der Tasche.
Nie losgegangen, nie angekommen.
In der unendlichen Weite des Alls
bist du alles und überall!

1

Lumenia

Es war das Paradies. Dieses Land, in dem es kein Leid und keine Kämpfe gab. Dieses friedliche, glückliche Eiland mitten im Ozean, das von niemandem betreten werden konnte, der nicht im Besitz eines Portalschlüssels war. Von niemandem, außer von Nikolas Key. Schon zum zweiten Mal hatte er es geschafft, ein Portal zu öffnen und den schützenden Schild, der diese Insel umgab, zu durchbrechen. Und immer noch wusste niemand, wie er das geschafft hatte. Nicht einmal er selbst.

Nachdem die Aufregung der letzten Ereignisse ein wenig abgeklungen war, hatte Quidea, der König von Lumenia und Nikolas' Vater, eine Versammlung einberufen. Der Ältestenrat und einige der mächtigsten Lumenier des Landes hatten sich in seinem Büro eingefunden, um von Nikolas zu erfahren, was in jener Nacht geschehen war und um ein für allemal zu entschlüsseln, was ihn dazu befähigte, ohne Hilfsmittel ein Portal zu öffnen und den mächtigen Schutzschild zu durchbrechen, der das Land umgab wie eine hundert Meter dicke, energetische Mauer. Besonders die blaue Garde war sehr interessiert daran, denn sie war für die Portale zuständig und musste dafür Sorge tragen, dass niemand unbefugt das Land betrat oder es verließ. Sie waren diejenigen, welche die Sicherheit des Landes gewährleisteten – die Trennung vom Rest der Welt. Sie hatten die Portale mit Programmen verstärkt, die es einem Menschen, der sich in einem zu niedrigen Schwingungsniveau befand, unmöglich machten, dieses Land zu betreten. Lumenia verfügte über eine sehr hoch schwingende Energie, was dazu führte, dass sich Gedanken und Gefühle schneller manifestierten, als in niedrigeren Schwingungsebenen. Es war ein hohes Maß an Selbstkontrolle nötig, um in einem Land wie diesem leben zu können. Eine Selbstkontrolle, die nur gewährleistet war, wenn man sich selbst ebenfalls auf einem sehr hohen Schwingungsniveau befand. Deshalb war es für einen Menschen aus der anderen Welt unmöglich, ein Portal zu durchschreiten, ohne dabei zu Schaden zu kommen. Die blaue Garde hatte die hohe Energie der Portale, die um ein hundertfaches höher schwang, als die Energie des Landes selbst, so verstärkt und programmiert, dass ein Mensch mit niedriger Schwingung einen solchen Übertritt nicht überleben würde. Oder zumindest einen schweren körperlichen Schaden davontragen würde.

Lucy hatte diese Schutzvorrichtung am eigenen Leib erfahren und erinnerte sich mit Schrecken an die Schmerzen und ihre kurzzeitige Erblindung. *Grausam*, dachte sie, während sie neben Nikolas saß und seine Hand streichelte, um ihm zu zeigen, dass sie ihm in diesem wichtigen Moment seines Lebens beistand. Er hatte großen Respekt vor dem Ältestenrat und den Lumeniern, die ihn alle anstarrten und eine Antwort von ihm verlangten.

»Aber notwendig!«, sagte plötzlich ein blauer Gardist auf Lucys Gedanken hin.

Lucy sah auf und blickte in sein ernstes Gesicht. Er war schön. So wie jeder Lumenier. Sie hatte mittlerweile aufgehört, sich darüber zu wundern. Aber in seinem Gesicht war auch etwas Hartes, Kaltes, das Lucy auf sein starkes und womöglich etwas übertriebenes Pflichtbewusstsein schob.

Nikolas kicherte leise, doch der Gardist blieb ernst und kam einen Schritt auf Lucy zu. »Diese Schutzvorrichtung ist ein ausgeklügeltes Sicherheitssystem, Lucy Meier!«, brachte er mit schneidender Stimme hervor.

»Key!«, sagte Nikolas, legte schützend einen Arm um Lucy und warf Ren, dem blauen Gardisten, einen warnenden Blick zu. »Zumindest bald«, fügte er noch etwas milder hinzu und lächelte dann Lucy an.

Ren wich beschwichtigt zurück und räusperte sich. Lucy spürte, dass sie mit ihren Gedanken einen wunden Punkt bei ihm getroffen hatte. Es gefiel ihm nicht, dass Menschen aus der anderen Welt sein Land betraten und es gefiel ihm noch weniger, dass Nikolas dieses ausgeklügelte Sicherheitssystem schon zum zweiten Mal lahmgelegt hatte. »Ist dir klar, Lucy Key«, fragte er vorsichtig, »was geschehen würde, wenn ein Mensch ohne jegliche Selbstkontrolle dieses Land betritt?«

Lucy wusste, dass man hierzulande mit seinen Gedanken und Gefühlen großen Schaden anrichten konnte. Aber was genau passieren konnte, war ihr nicht klar.

»Es kann zu großen Katastrophen führen«, erklang eine weibliche Stimme aus der hintersten Ecke des Raumes. Alea lehnte am Bücherregal und hatte dem Treffen bisher nur als stille Beobachterin beigewohnt. Doch jetzt kam sie näher in den Raum. »Die blaue Garde sorgt mit diesen Programmen dafür, dass ein Mensch nach einem solchen Übertritt nicht mehr in der Lage ist, irgendeinen Schaden in diesem Land anzurichten«, erklärte sie. »Deine Erblindung war kein Zufall, Lucy. Es ist so vorgesehen, dass die Programme der Portale die Sinne weitestgehend abschalten, um das Geheimnis unseres Landes zu bewahren.«

Lucy sah Alea erschrocken an. Sie konnte die Sorge der Lumenier einerseits verstehen, aber andererseits war sie erschrocken darüber, dass es die sonst so friedliebenden Lumenier in Kauf nahmen, dass ein Mensch bei einem Übertritt solch einen Schaden davontrug oder sogar daran starb. Bei ihren Gedanken senkten alle die Köpfe.

Doch der König bewahrte sein immerwährendes Lächeln, schlug ein Bein über das andere und sagte mit ruhiger, väterlicher Stimme: »So etwas wird nie geschehen, Lucy. Wir wissen es zu verhindern, dass ein Mensch, der nicht in der Verfassung ist, ein Portal zu durchschreiten, je einen Portalschlüssel in die Finger bekommt. Dass *du* es geschafft hast, war nicht vorherzusehen, da du eine unglaublich starke Fähigkeit entwickelt hast, deine Gedanken vor Nikolas und vor jedem anderen Lumenier zu verbergen.«

Lucy sah hinüber zu Taro, der mit seinem Stuhl ganz an den Rand des Raumes gerückt war und mit verschränkten Armen und gelangweiltem Gesicht eher auf dem Stuhl lag, als darauf zu sitzen. Er blickte aus dem Fenster, als würde ihn dieses Gespräch gar nicht interessieren. Doch, als er spürte, dass Lucy ihn ansah, huschte ein Lächeln über seine Lippen. Ihm hatte sie es zu verdanken, dass sie eine solch starke Fähigkeit überhaupt erst hatte entwickeln können und er war es auch gewesen, der ihr – unabsichtlich – dabei geholfen hatte, sie bis zur Perfektion zu trainieren.

Das hast du schon vorher ganz gut drauf gehabt, Süße!, hörte sie seine tiefe Stimme in ihrem Kopf.

Hör auf, mich Süße zu nennen!, schlug sie ihm gedanklich entgegen.

Taro schmunzelte. So ging das seit Wochen. Es machte ihm offenbar Spaß, sie zu necken und Nikolas dabei bis zur Weißglut zu reizen. Lucy streichelte erneut über seine Hand, um zu verhindern, dass er sich zu sehr aufregte und Taro vermutlich wieder etwas an den Kopf schmiss. So wie letzte Woche.

Nikolas lachte leise. In seinen Gedanken spielte sich die Szene ab, in der Taro wie ein Baum umgefallen war, weil ihn Nikolas' Energieblitz direkt an der Stirn getroffen hatte. Lucy musste ebenfalls lachen, als sie das Szenario in seinem Kopf sah.

Ein tiefes Räuspern aus Quideas Kehle ließ sie aber sofort verstummen. »Jedenfalls…«, brummte er etwas missmutig, jedoch mit einem kleinen Lächeln im Gesicht, »passen wir schon auf, dass so etwas nicht noch einmal vorkommt, Lucy. Denn *natürlich* wollen wir nicht, dass jemand zu Schaden kommt. Selbst ohne diese verstärkenden Programme ist ein Portal eine gefährliche Angelegenheit für einen Menschen in niedriger Schwingung. Der Schutzschild ist einfach zu mächtig, um ihn einfach so zu durchbrechen.« Dabei sah er wieder Nikolas an. »Und deshalb ist es von äußerster Wichtigkeit für uns, zu erfahren, wie Nikolas diesen unmöglichen Sprung geschafft hat.«

»Vielleicht liegt es an der sinkenden Energie«, sagte Alea nachdenklich. Das Sonnenlicht, das in den Raum fiel, spielte in ihren roten Locken und ließ sie leuchten wie ein aufgewühltes Flammenmeer, was ihre Worte nur umso dramatischer klingen ließ. »Der Schutzschild wird schwächer.«

»Nein!«, stieß Ren hervor. »Wir haben bereits herausgefunden, dass sich die steigende Energie der Gegenwelt der unseren anpasst und es nur den Anschein hat, als würde der Schild schwächer werden. Wir haben alles unter Kontrolle. Die Energie ist genauso hoch, wie noch vor zwei oder drei Jahren.«

»Schon mal mit der Energie von vor *sechs* Jahren verglichen?«, brummte Taro und ballte dabei seine Hände zu Fäusten.

Nikolas' Hand unter Lucys Berührung tat es ihm sofort gleich und bebte vor Anspannung. Lucy sah zuerst Nikolas überrascht an und blickte dann zu Taro hinüber. In seinem Gesicht entdeckte sie plötzlich wieder die altbekannte Kälte, die aber im nächsten Moment wieder verflog, als er den Kopf senkte und die Stirn in tiefe Falten legte. Sie versuchte, in seinen Gedanken herauszufinden, wovon er sprach, doch in seinem Kopf war es still geworden. Unheimlich still. So still wie früher. Und als sie sich im Raum umsah, bemerkte sie, dass nicht nur er seine Gedanken hatte verstummen lassen, sondern jedes einzelne Mitglied dieser Versammlung. Sogar Nikolas. Es war gespenstisch. Die Gedanken und Gefühle, die Lucy sonst ununterbrochen durch das Bewusstsein flossen und ihr immer und überall verrieten, was in den Menschen in ihrer Umgebung vorging, waren mit einem Schlag nicht mehr da. Es war totenstill. Die Damen und Herren des Ältestenrats, die neben Quidea saßen, starrten betreten den Fußboden an und Alea ging wieder zurück in ihre Ecke, um dort beschäftigt an ihrer Uniform zu zupfen.

Was war denn vor sechs Jahren?, fragte Lucy Nikolas in Gedanken und wusste im selben Moment, dass sie vermutlich keine Antwort von ihm erhalten würde. Und tatsächlich – er sah sie nicht einmal an.

Eine Frau des Ältestenrats, die kaum älter als 40 wirkte, sagte nun:»Das kann nicht sein. Nikolas hat schon als kleiner Junge ein Portal ohne einen Schlüssel durchschritten und damals…«, sie hielt kurz inne und sprach dann lauter und bestimmender weiter.»Wir sollten uns lieber auf Nikolas konzentrieren. Die sinkende Energie des Landes ist ein anderes Thema und sollte zu einem anderen Zeitpunkt diskutiert werden.«

Die Energie sinkt tatsächlich?, fragte Lucy erneut in Gedanken.

Dieses Mal nickte Nikolas.

Aber ich dachte, es war ein Irrtum.

Das dachten wir auch, antwortete er.

Lucy hielt weiterhin Nikolas' Hand, während sich das

Gespräch fortführte und die Mitglieder der Versammlung allesamt versuchten, in Nikolas' Erinnerungen herauszufinden, wie er den Schutzschild überwunden hatte. Immer und immer wieder sah Lucy in seinen Gedanken zu, wie er an einem See stand und ohne zu zögern in das Wasser sprang, um Lucy zur Hilfe zu eilen. Das Portallicht zuckte auf und schnappte nach ihm, als habe er einen dieser mächtigen Schlüssel aktiviert. Doch alle wussten, dass in jener Nacht alle Portalschlüssel beschädigt gewesen waren und so spielten sie diese Szene mit Staunen immer und immer wieder in seinen Erinnerungen ab, um endlich sein Geheimnis zu lüften. Nach zwei weiteren ermüdenden Stunden, wurde das Gespräch jedoch erfolglos beendet und vertagt. Die blaue Garde verließ den Raum mit der Ankündigung, dass sie das Sicherheitssystem verschärfen würden und die restlichen Mitglieder warfen Nikolas einen letzten erstaunten Blick zu, bevor sie die Tür hinter sich schlossen. Auch Taro und Alea gingen mit einem nachdenklichen Gesichtsausdruck und als Lucy und Nikolas mit Quidea allein waren, versuchte sich Nikolas erneut seinem Vater zu erklären.

»Du weißt, ich würde es euch wissen lassen«, sagte er leise. »Aber ich kann beim besten Willen nicht erklären, was ich...«

»Ich weiß, mein Sohn«, unterbrach Quidea ihn sanft, kam auf ihn zu und umfasste liebevoll seine Schultern. »Wir werden es schon herausfinden. Ich bin mir sicher, dass wir irgendetwas übersehen. Etwas Elementares.« Er senkte den Blick und schien sich in Nikolas' weißem Hemdkragen zu verlieren. Doch nach einem kurzen Moment sah er ihm wieder in die Augen. »Es hat alles seinen Sinn und ich denke wir werden zu der Antwort geführt werden, wenn wir sie nicht erzwingen. Du weißt…«

»Keine Absicht«, vollendete Nikolas seinen Satz lächelnd und nickte.

»Jetzt geh dich um deine Frau kümmern«, sagte Quidea lächelnd und zwinkerte Lucy dabei zu. »Ihr habt heute noch etwas Bedeutendes vor.« Dann schob er die beiden aus der Tür und winkte ihnen noch fröhlich zu, als sie durch den Korridor schritten.

»Ich mag deinen Vater«, sagte Lucy. »Er wirkt immer so unbeschwert und entspannt.«

»Ja«, lachte Nikolas, »er ist ein gutes Vorbild für Euphoria, oder?«

Lucy nickte energisch. »Nur schade, dass er heute nicht dabei sein wird. Er würde unsere Verlobungsfeier bestimmt auflockern.« Außerdem, dachte Lucy weiter, wäre ihre Familie so beeindruckt von ihm, dass sie es nicht wagen würden, auch nur einen zweifelnden Gedanken über Nikolas oder diese Verlobung zu hegen. Nachdem sie vor ein paar Wochen von Hilar eingeweiht worden waren und zunächst alles, was er gesagt hatte, akzeptiert und für wahr befunden hatten, zweifelten sie mittlerweile wieder daran, dass es ein Land wie Lumenia wirklich gab und nervten Lucy mit ihren Fragen und ihren Sorgen. Sie befürchteten, ihre Tochter habe sich auf eine Gruppe Scharlatane eingelassen oder auf eine Sekte. Natürlich waren sie auch nicht so glücklich darüber, dass sie einen solchen Scharlatan heiraten würde, aber was sollten sie tun? Sie war eine erwachsene Frau und traf ihre eigenen Entscheidungen. Doch insgeheim wünschten sie sich manchmal, sie wäre noch ein Kind und wäre unter ihrem Einfluss und nicht unter dem einiger übersinnlicher Spinner, wie sie sie nannten. Es würde ein langer Tag werden, dachte sich Lucy.

Im Speisesaal der grünen Garde war es bis auf Taro, Paco, Linn, Hilar und Miriam völlig leer. Als Lucy herein kam und ihre beste Freundin erblickte, winkte sie ihr fröhlich zu und erhielt ein überschwängliches Bild von ihr, was Hilar gerade mit ihr gemacht hatte. Lucy lachte, als sie sah, wie er sie vor wenigen Augenblicken auf einem der leeren Tische ausgekitzelt hatte.

»Wie war's?«, fragte Paco neugierig, als sich alle an den gedeckten Tisch gesetzt hatten.

Nikolas und Taro gaben ihren Freunden einen kurzen Abriss der Versammlung, beendeten das Thema jedoch so rasch und abrupt wieder, dass sich Lucys Feingefühl meldete und ihr wie eine leise, nervige Stimme immer wieder ins Bewusstsein flüsterte, dass da noch irgendetwas war, worüber sie nicht sprechen wollten. Und dass niemand auf ihre Gedanken, die sie sich darüber machte, reagierte, bestätigte ihr, dass sie richtig lag. Jedoch beschloss sie erst einmal, kräftig zu essen, um sich für den Rest des Tages zu stärken. Sie würde jeden Funken Lumenischer Energie brauchen, den sie sich einverleiben konnte. Sie schlug sich den Bauch mit exotischen Früchten voll, aß eine halbe Schüssel Nüsse dazu und verdrückte noch einen großen Teller mit einem gelben Brei, von dem sie nicht sagen konnte, woraus er überhaupt bestand. Aber er schmeckte grandios! Er war nur leider – leider – von sehr weicher Konsistenz und tropfte Lucy, als sie den letzten Happen zu ihrem Mund führte, auf ihre Brust. Ein kleiner Moment, ein winziges Missgeschick und die friedliche Stimmung, das fröhliche Beisammensein kippte und mündete in einer Katastrophe. Warum hatte sie es nicht kommen sehen? Warum hatte es keiner von ihren Freunden kommen sehen? Warum hatte Taro sich nicht unter Kontrolle?

Es geschah innerhalb von Sekunden. Sie hatte nicht bemerkt, dass Taro sie schon die ganze Zeit beim Essen beobachtet und seine helle Freude dabei gehabt hatte. Und sie hatte auch nicht bemerkt, dass Nikolas wiederum *ihn* dabei aufmerksam beobachtet hatte. Sie hatte ebenfalls nicht mitbekommen, dass jeder an diesem Tisch ein wachsames Auge auf die beiden gehabt hatte, denn wenn Nikolas und Taro aufeinander trafen, war nichts vorhersehbar. Gerade hatten sie noch darüber gesprochen, welche Auswirkungen es in Lumenia haben konnte, wenn jemand die Kontrolle über sich verlor. Und hier war sie nun. Die Situation, die alle gefürchtet hatten.

Es ging rasend schnell. In dem Moment, in dem der Brei auf Lucys Brust tropfte, schoss Taro – vermutlich versehentlich – ein lüsterner Gedanke durch den Kopf, den er kurz darauf sofort versuchte, abzuschotten. Aber es war zu spät. Sein Blick schoss zu Nikolas, dieser sprang von seinem Stuhl auf und Lucy fiel vor Schreck der Löffel aus der Hand. Linn, diejenige, die es mehr als jeder andere verstand, Energien zu harmonisieren, versuchte sofort zu schlichten, sprang ebenfalls auf und hob beschwichtigend die Hände.

»Kontrolle!«, rief sie.

Aber Nikolas bebte vor Wut. Lucy wusste nicht, warum es ihn immer noch so reizte. Er kannte Taro doch. Er wusste, dass er Lucy liebte und dass ihm manchmal Gedanken durch den Kopf gingen, die über Freundschaft hinaus gingen. Und er wusste auch, dass Lucy bei Taro niemals auf mehr als auf Freundschaft eingehen würde. Das wusste er doch. Oder?

Zum letzten Mal, donnerte Nikolas' Stimme durch die Köpfe aller Anwesenden, die so still waren, dass Nikolas' Worte in ihren Gedanken grollten, wie ein Gewitter, *sie ist meine Frau!*

Taro ließ sich nicht dazu verleiten, ihn jetzt noch mehr zu reizen, also verkniff er sich sein Grinsen, von dem er wusste, dass es ihn auf die Palme brachte. Er konterte mit einem ruhigen: *Aber wir lieben sie beide, Bruderherz.*

»Schluss jetzt!«, rief Lucy wütend und wischte sich ärgerlich den Brei von der Brust. »Ihr benehmt euch wie Kinder!«

»Lucy«, hauchte Linn und machte eine beruhigende Geste. »Ruhig. Nicht du auch noch.«

Lucy versuchte, sich sofort wieder zu beruhigen, aber irgendetwas sagte ihr, dass es zu spät war. Plötzlich schoss Taros Stuhl nach hinten und er entfernte sich mit einem entsetzlichen Schrecken im Gesicht einige Schritte vom Tisch. Auch Paco sprang auf, nahm Linns Hand und zog sie vom Tisch weg. Hilar tat dasselbe mit Miriam und Nikolas schnappte sich Lucy und zog sie mitten in den Raum. Dabei sah er nach oben und schien eine Stelle zu suchen, an der kein Kronleuchter von der Decke hing. Und dann geschah es. Ein gewaltiges Beben erschütterte das Gebäude! Es wurde so sehr hin und her geschüttelt, dass die Tische laut gegeneinander krachten, die Stühle umkippten und durch den Raum rutschten und das Geschirr klirrend auf den Boden fiel und zersprang. Die Kronleuchter schwankten gefährlich hin und her, es knarrte unheimlich und man konnte ein Reißen hören, als würde das Gebäude auseinanderbrechen. Dann löste sich einer der Kronleuchter von der Decke und krachte mit einem lauten Scheppern auf den Steinboden.

Lucy stieß einen Angstschrei aus, verlor das Gleichgewicht und schwankte zu Boden.

»Jetzt keine Angst, Lucy!«, hörte sie Taros Stimme rufen.

Sie wusste, dass ihre Angst alles nur noch schlimmer machen würde – zumal sie ihre telekinetischen Ausrutscher immer noch nicht so gut unter Kontrolle hatte – aber sie konnte sie kaum noch kontrollieren. Die bebende Erde unter ihren Füßen und das Gefühl, dieser Gewalt völlig ausgeliefert zu sein, löste eine Todesangst in ihr aus. Nikolas half ihr sofort auf, nahm sie in den Arm und versuchte, ihre Angst mit seinen eigenen Emotionen zu kontrollieren. Sie spürte, wie sich seine ruhige Ausstrahlung wie ein Balsam auf ihr aufgewühltes Gemüt legte und sie ruhiger wurde und sie hörte, wie er eine Art Formel in einer fremden Sprache vor sich hin murmelte. Paco, Hilar, Taro und Linn taten dasselbe. Als Lucy über Nikolas' Schulter blickte, sah sie, wie die Lumenier mit geschlossenen Augen dastanden, murmelten und eine unsagbare Energie ausstrahlten, die den Raum hell erleuchtete. Sie versuchten, das Beben zu stoppen. Zum ersten Mal sah Lucy die wahre Macht der Lumenier. Hatte sie bisher immer nur kleine Kunststücke ihrer Kraft gesehen, wie das Feuern mit Energieblitzen oder das außer Kraft setzen der Schwerkraft, bekam sie jetzt ihre wahre Größe zu Gesicht. Sie waren völlig gelassen. Angesichts dieser gefährlichen Situation konnte man nur Frieden in ihren Gesichtern sehen. Aus ihren Körpern kam flirrende Energie und es wehte warmer Wind durch den Raum, der auf der Haut kribbelte wie Strom. Ihr Bewusstsein dehnte sich spürbar auf den ganzen Raum aus, auf das ganze Gebäude und bald spürte Lucy nur noch Frieden. Frieden, Harmonie und Kraft. Eine solche Kraft, dass ihr schwindelig wurde und ihr langsam die Beine weg sackten.

In diesem Moment stoppte schlagartig das Beben. Von einer Sekunde auf die andere war es einfach vorbei und ließ eine unheimliche Stille zurück.

Lucy war völlig benommen. Sie beobachtete, wie Taro und Paco aus dem Raum stürmten. Taro rief:»Bring sie in Sicherheit!«, bevor er aus der Tür verschwand, woraufhin Nikolas sofort Lucys Hand nahm und sie mit Hilar und Miriam aus dem Raum führen wollte. Aber ihre Beine waren so weich wie Pudding und sie hätte sich lieber flach auf den Boden gelegt und wäre mit der Welt verschmolzen, als jetzt zu laufen. Also hob Nikolas sie hoch und trug sie hinaus. Miriam schien das Laufen leichter zu fallen. Sie lief in dem lichtdurchfluteten Korridor neben ihr her und fragte immer wieder, ob alles in Ordnung sei.

Lucys Zunge war schwer. Sie konnte kaum sprechen. »Weiß nich«, nuschelte sie. So war es ihr das letzte Mal ergangen, als Taro auf dem Tanz der Götter seine geballte Energie auf sie abgefeuert hatte. »Das habt ihr jetzt davon«, murmelte sie weiter und versuchte angestrengt Nikolas in den Arm zu kneifen. »Ihr Streithähne.«

Sie bekam seine Antwort nur am Rande mit. Sie schien in einen schwebenden, tranceartigen Zustand abzudriften, in dem sie das Geschehen nur noch aus der Ferne wahrnehmen konnte. »Das lag nicht an uns, Lucy«, sagte er besorgt. So besorgt, dass es sie tief in der Seele schmerzte.

2

GEHEIMNISSE

»Geht es wieder?« Miriam saß direkt vor ihr und sah sie mit großen Augen an. So schöne Augen. Graugrün und so hell, fast transparent. Wie Kristalle funkelten sie. Lucy betrachtete sie fasziniert und seufzte. Wie konnten Augen so schön sein? Sie wollte sie für immer ansehen. Für immer darin versinken und sie lieben. Wie fühlte es sich an, mit ihnen die Welt zu betrachten? Es musste eine Offenbarung sein.

»Sie ist immer noch benommen«, lachte Miriam und wandte sich Nikolas zu, der sich nun ebenfalls zu Lucy setzte.

Auch seine Augen waren so schön. So blau. So hellblau wie der Himmel. Er *war* der Himmel. Der Himmel auf Erden. Sie würde den Himmel heiraten.

»Lucyyy«, lachte Nikolas.

So ein schönes Lachen. So wunderwunderwundersch...

Plötzlich schüttelte sie jemand. »Komm zu dir, Süße!« Miriams Stimme klang wunderbar. So zart und weiblich. »Was machen wir denn jetzt? Sie ist ja total high! Eure

Energie vorhin war wohl zu viel für sie. Sollen wir Linn holen?«

»Hm«, machte Nikolas. Wie sinnlich es klang.

»Oder sollen wir sie besser so lassen?«, fragte Miriam jetzt und stellte sich mit verschränkten Armen vor sie, wobei ihre Brüste ein wenig aus ihrem Kleid quollen. Wie schön das aussah. Hilar fiel das ebenfalls auf. Miriam lachte sich halb kaputt. »So würde sie vielleicht besser mit den Gedanken ihrer Familie klarkommen!«, prustete sie.

Plötzlich knallte Lucy auf den Boden der Tatsachen zurück. »Familie?«, fragte sie. Der Nebel lichtete sich und ihr Kopf wurde plötzlich wieder klar. »Sind sie schon da?«

»Aha«, lachte Hilar. »Jetzt wissen wir, wie wir dich wieder auf den Boden kriegen, wenn so etwas noch mal passiert.«

Nikolas lachte ebenfalls. »Nein, noch nicht«, antwortete er auf Lucys Frage. »Aber wir sollten uns langsam fertig machen.«

Lucy sah an sich hinunter. Sie trug nur ein T-Shirt. Hatte Nikolas sie umgezogen? »Wie lange habe ich geschlafen?«

Nikolas sah auf seine Armbanduhr. »Ja, habe ich. Und etwa vier Stunden.«

Lucy fiel aus allen Wolken. Es kam ihr vor, als sei nur eine Minute vergangen, seit... »Habe ich das geträumt?«, fragte sie Nikolas entsetzt und hoffte, er würde ja sagen. Aber er schüttelte langsam mit dem Kopf.

»Wir stellen schon mal das Essen raus«, teilte Hilar mit und zog Miriam aus dem Zimmer.

»Danke!«, rief Nikolas ihnen hinterher.

»Was ist da passiert?«, fragte Lucy erschrocken, als die

Bilder des Bebens in ihrer Erinnerung aufflammten.»Und wie konntet ihr euch überhaupt so gehen lassen? Ihr wisst doch genau...«

Nikolas machte eine beruhigende Geste mit den Händen.»Es lag nicht an uns, Lucy«, sagte er erneut.»Nicht an *mir*«, verbesserte er sich.»Taro hatte sich die ganze Zeit – bis auf diesen einen Gedanken – völlig unter Kontrolle. *Ich* war derjenige, der die Nerven verloren hat. Aber ich habe das Beben nicht ausgelöst.«

Sein Gesicht wirkte ernst und viel zu besorgt. Und das war kein gutes Zeichen. Nikolas war selten besorgt. Er kannte den Ausgang einer Situation immer schon, bevor die Situation überhaupt entstand und handelte entsprechend. Entweder akzeptierte er sie vollständig oder er änderte sie. Also hatte er niemals Grund, sich um irgendetwas Sorgen zu machen. Umso beunruhigender wirkte sein Gesichtsausdruck auf Lucy. Er bedeutete nichts Gutes. Lucy rutschte näher zu ihm und berührte seine Hand. Dabei senkte Nikolas den Blick und strich mit einem Finger über ihren Verlobungsring.

»Wer dann?«, fragte sie vorsichtig.

Er atmete tief durch, bevor er antwortete.»Du erinnerst dich, was Alea über die Energie des Landes gesagt hat?«, fragte er, ohne sie anzusehen.

Lucy nickte.»Sie sinkt. Aber Ren war da anderer Meinung.«

Jetzt stand Nikolas seufzend auf und ging zum Kleiderschrank.»Ren versucht, wie wir alle, die ganze Situation mit der Macht seiner Gedanken und seiner

Überzeugung zu verändern. So wie es Taro versucht hat. Nur mit anderen Mitteln«, erklärte er, als er Lucys Kleid für die Verlobungsfeier aus dem Schrank holte.

Lucy verzog das Gesicht, als sie sich an den alten Taro erinnerte, der über Leichen gegangen war, um seinen Plan umzusetzen. Und ihr lief ein Schauer über den Rücken, als sie sich daran erinnerte, was er damit hatte verhindern wollen. Sie sah das Bild erneut vor ihrem inneren Auge. Das Bild, das sie schon damals zutiefst schockiert hatte. Der Untergang Lumenias.

Nikolas schickte ihr in Gedanken ein erschreckend trauriges »Genau« und legte ihr dabei das Kleid aufs Bett.

Als Lucy dämmerte, was er ihr damit sagen wollte, wurde sie kreidebleich. »Du meinst… es ist noch nicht vorbei? Die Vision von Taro… wird trotz allem wahr werden?«

Jetzt zog sich Nikolas ein schwarzes Jackett über das weiße Hemd und nickte bedrückt.

»Nein!«, rief Lucy und sprang vom Bett auf. »Das kann doch nicht sein! Welcher Lumenier würde das zulassen? Ihr könnt das doch verhindern, oder? Ihr habt doch auch vorhin das Beben gestoppt.«

»Das tun wir schon, Lucy. Jeden Tag. Aber die Vision verändert sich nicht. Und das heißt, dass wir erst die Ursache beheben müssen, welche diese Katastrophe auslösen wird«, sagte er mit ruhiger Stimme, nahm Lucys Kleid vom Bett und drückte es ihr auffordernd in die Hand. Danach deutete er auf seine Armbanduhr.

»Und was für eine Ursache ist das?«, fragte Lucy, als sie sich das T-Shirt rasch auszog und umständlich in ihr Kleid schlüpfte.

Nikolas beobachtete sie dabei und grinste amüsiert. »Es können mehrere Faktoren sein, die behoben werden müssen.«

Jetzt redete er genauso wie Taro, dachte sich Lucy. Er hatte auch alle Faktoren aus dem Weg räumen wollen, welche die Katastrophe auslösen konnten. Deswegen hatte er sich mit Marius zusammen getan, Nikolas aus dem Land gejagt und versucht, die Energie dieser Welt rapide ansteigen zu lassen, um dadurch zu verhindern, dass Lumenia von den negativen Schwingungen dieser Welt in den Abgrund gerissen wurde.

Nikolas drehte den Kopf zur Seite, um Lucys Blick auszuweichen. Sie spürte, dass ihm ihre Gedanken unangenehm waren. Sie verstand jedoch nicht, wieso. Sein Gesichtsausdruck war kaum zu deuten. Es ging ihm ein kurzer Gedanke durch den Kopf, den Lucy jedoch nicht erfassen konnte. Dann dachte er plötzlich an Marius und erneut flammten Schuldgefühle in ihm auf.

Lucy ging seufzend zu ihm, nahm sein Gesicht zwischen ihre Hände und sagte mit sanfter Stimme: »Es war nicht deine Schuld, Niko. Du hast mich vor ihm gerettet. Er wollte mich erschießen! Also hör auf, dir darüber Gedanken zu machen, okay? Jeder andere hätte genauso gehandelt. Auch Taro! Er hat es mir gesagt.«

Nikolas berührte ihre Hände und nahm sie von seinem Gesicht. »Ich habe das nicht nur ihm angetan, Lucy. Sondern allen Menschen, die ihn geliebt haben.«

Lucy rümpfte die Nase. Sie konnte sich kaum vorstellen,

dass es solche Menschen in Marius' Leben gegeben haben konnte.

Nikolas schmunzelte über ihr Gesicht, wurde dann aber sofort wieder ernst. »Selbst er hatte Eltern und Geschwister, Lucy. Familie.« Schmerz spiegelte sich in seinen Augen. Ein tief sitzender Schmerz. »Menschen, die ihm nahegestanden haben und jetzt um ihn trauern.«

Sie sah ihn lange an und versuchte zu erspüren, was in ihm vorging. Aber er verbarg seine Gefühle vor ihr. Es wäre zwar ein Leichtes für sie gewesen, seine Mauer zu durchbrechen, aber sie hatte ihm versprechen müssen, dass sie das nicht mehr tun würde. Es hatte einen Grund, wenn jemand eine mentale Mauer errichtete, um seine Gedanken und Gefühle zu verbergen. Und man musste diese Entscheidung akzeptieren und respektieren. So hatte er es auch bei ihr getan, als sie sich so lange vor ihm verschlossen hatte, um die Tatsache zu verbergen, dass sie über Taro und seinen verrückten Plan Bescheid wusste. Sie hatte es getan, um ihn zu beschützen. Sie wusste zwar nicht, welchen Grund es nun für seine heimlichen Gefühle gab, aber das musste sie auch nicht wissen. Es gab einen. Und das akzeptierte sie. Jedoch konnte sie es nicht vermeiden, Vermutungen anzustellen. Zum Beispiel die Vermutung, dass der Grund, warum ihm Marius' Tod so zu schaffen machte, sein eigener Verlust war. Der Verlust, den er als Kind hatte ertragen müssen, als er seine Eltern verloren hatte. Dieser Verlust musste immer noch wie eine klaffende Wunde in ihm sitzen, auch wenn er danach in Lumenia neue Eltern gefunden hatte.

Nikolas biss die Zähne zusammen, wobei seine Kiefermuskeln hervortraten und ging sich seufzend durch das widerspenstige Haar. Dann räusperte er sich auffällig und laut und strich seinen Anzug glatt. »Jedenfalls«, sagte er kühl, »werden wir sie schon finden.« Lucy sah ihn ahnungslos an. »Wen meinst du?« Plötzlich war der Ausdruck in seinen Augen noch viel erschreckender als zuvor. Er sah aus, als hätte er versehentlich etwas Verbotenes ausgesprochen. Seine Augen waren aufgerissen und ängstlich. »Die Ursache!«, stieß er schnell hervor, als habe er Angst, Lucy habe in seinen Gedanken etwas Anderes wahrgenommen.

Als es an der Tür klopfte, schreckte Lucy zusammen. »Gäste!«, rief Hilar von draußen.

Nikolas atmete erleichtert auf und floh zur Tür. »Komm«, sagte er plötzlich wieder ganz heiter, »wir sollten sie nicht warten lassen.«

Sie hatte sich vor diesem Tag gefürchtet. Nicht, weil sie vor ihrer Familie endlich zeigten, dass sie nun offiziell verlobt waren, sondern weil sie Angst gehabt hatte, sie würden ihr diesen wunderschönen Tag mit ihren unaufhörlich negativen Gedanken kaputtmachen. Sie vermuteten sogar eine Sekte hinter den Lumeniern und dachten pausenlos darüber nach, wie sie ihre kleine Tochter aus deren Fängen retten konnten. Lucy hatte keine Ahnung, wie sie ihnen das Gegenteil beweisen sollte. Wie sollte sie ihnen klarmachen, dass sie tatsächlich aus einer fremden Welt namens Lumenia kamen? Mit dieser niedrigen

Schwingung würden sie diese Welt ohnehin nicht betreten können, um sie mit eigenen Augen sehen zu können. Also war jede Erklärung fruchtlos. Aber seltsamerweise machten ihr diese Gedanken heute nichts aus. Vielleicht war sie noch ein wenig benommen vom Vormittag. Oder vielleicht war sie auch zu abgelenkt von dem Ausdruck in Nikolas' Gesicht, der ihr ständig durch die Gedanken zog, wie ein nerviger Geist. Irgendetwas stimmte nicht mit ihm. Sie überlegte schon, ob sie sich auf der Party Alea schnappen sollte, um mit ihr ein aufklärendes Gespräch im Garten zu führen. Aber dann fiel ihr jemand Besseres ein. Taro. Er würde ihr bestimmt etwas sagen können. Er war immer ehrlich mit ihr. Manchmal auf eine sehr direkte und plumpe Weise, aber das war ihr momentan egal. Allerdings vermutete sie, dass er heute nicht auf ihrer Verlobungsfeier erscheinen würde, nach dem, was heute morgen vorgefallen war. Sicher wollte er ihr nicht das Fest verderben. Ein Fest, von dem sie kaum etwas mitbekam, weil sie mit ihren Gedanken immer nur bei Nikolas war. Sogar während sie mit Miriam anstieß, lachte und Spaß hatte, versuchte sie, seinen Gedanken zu lauschen oder seine Gefühle wahrzunehmen. Aber sie konnte nichts in Erfahrung bringen.

»Du heiratest also jetzt diesen Sektenführer«, sagte ihr Vater mit einem Glas Wein in der Hand. Er hatte sie sich zur Seite genommen, um mit ihr zu reden, während die anderen tanzten, lachten oder Kuchen aßen.

»Paps«, seufzte Lucy. »Er ist kein Sektenführer.«

»Nein, ich vergaß. Der Sektenführer ist der König von

Lumenia.« Dabei rollte er mit den Augen. »Ernsthaft, Lucy. Das kann doch nicht dein Ernst sein. Was ist da wirklich in Italien passiert? Du kannst es mir ruhig erzählen. Du musst uns keine irrwitzige Geschichte auftischen.« Lucy nahm sich auch ein Glas Wein vom Tisch und trank es halb leer. Dann seufzte sie. »Vielleicht hätten wir euch lieber gar nichts erzählen sollen«, murmelte sie.

»Lucy, ich mache mir wirklich Sorgen um dich. Bist du in irgendeine Mafiageschichte verwickelt?«

Sie guckte ihn entrückt an. »Mafia??«

»Die haben ziemlich gefährlich ausgesehen!«, erinnerte sich ihr Vater. »Sie hatten Waffen.«

»Ja und du hast mitbekommen, dass Taro und Hilar die Waffen mit ihren Gedanken deaktiviert haben. Es ist nicht ein einziger Schuss gefallen«, erinnerte sie ihn. »Sie sind übersinnlich! Alle in Lumenia sind das. Und ich auch. Warum glaubst du mir nicht? Wir haben euch die Wahrheit gesagt.«

»Ich bitte dich«, sagte er und sah sich etwas beschämt um, weil er fürchtete, jemand habe gehört, was Lucy gerade gesagt hatte. »Ein Land, das nicht gefunden werden kann und das man nur mit einem Portalschlüssel betreten...«, flüsterte er und verstummte, als Lucys Nachbarin an ihnen vorbei ging, um sich ein Glas Wein zu holen.

»Paps«, seufzte Lucy, »ich weiß nicht, wie ich es dir beweisen soll. Ich kann es dir leider nicht zeigen. Aber glaube mir wenigstens, dass diese Lumenier nicht den Hauch einer Gefahr für mich darstellen. Sie sind *keine* Sekte. Und wir haben es auch *nicht* mit einer Mafia zu tun.«

Ihr Vater brummte. »Na schön. Aber wenn irgendetwas ist, ruf an! Ich komme sofort und hole dich da raus.«

Lucy lächelte. »Natürlich«, sagte sie beruhigend und kippte sich noch den restlichen Wein hinunter.

Er macht sich Sorgen um dich, hörte sie Nikolas' Stimme in ihrem Kopf. *Schließlich ist er dein Vater. Er will dich beschützen.*

Ich weiß, dachte Lucy und suchte Nikolas im Raum. Er stand auf der anderen Seite des Wohnzimmers und unterhielt sich mit Hilar, hatte aber dabei offenbar die ganze Zeit Lucy beobachtet. Sie sah ihn an und lauschte in seine Gedanken hinein, um zu erfahren, worüber er mit Hilar sprach. Doch offenbar ging es nur um Hilars Probleme, sich in dieser Welt zurechtzufinden. Seufzend ging sie zum Buffet und nahm sich ein paar Lumenische Fruchtkugeln, die Alea für ihre Verlobungsfeier zubereitet hatte. Während sie das Reispapier, das in Blumenform um die Kugeln gewickelt war, abzog, versuchte sie, Taro in Gedanken zu erreichen. Doch ihr kam leider nur Stille entgegen. *Mist*, dachte sie. Es gelang ihr einfach nicht, irgendetwas herauszufinden.

Als es spät wurde und die meisten Gäste schon gegangen waren, zog Miriam sie am Arm in die Küche. Nachdem sie rasch die Tür hinter sich geschlossen hatte, sprach sie Lucy direkt auf Nikolas an. »Sag mal, was ist denn los?«, fragte sie. Anscheinend hatte sie ihre Gedanken die ganze Zeit mitbekommen. Miriam war mittlerweile fast genauso gut im Gedankenlesen wie Lucy. Sie hatte nur noch manchmal Schwierigkeiten, fremde Gedanken von ihren eigenen zu unterscheiden. »Ist irgendwas passiert?«

Lucy lehnte sich seufzend gegen die Spüle. »Ich weiß nicht. Nikolas... benimmt sich irgendwie seltsam. Er macht sich Sorgen um irgendetwas.«

Miriam machte ein überraschtes Gesicht. Nikolas und Sorgen passte einfach nicht zusammen. Das war auch ihr klar. »Liegt vielleicht an der Situation in Lumenia«, vermutete sie. »Die sind ja alle gerade ein bisschen neben der Spur. Sogar Hilar ist manchmal mit den Gedanken ganz woanders. Dann ist er gar nicht ansprechbar.«

»Hm«, machte Lucy. »Ich weiß nicht. Ich glaube, da ist noch mehr. Ich kann es nicht fühlen, weil er es vor mir verbirgt, aber ich habe ein ungutes Gefühl. Es ist irgendetwas los, was sie uns nicht sagen«, flüsterte sie, obwohl sie wusste, dass es nichts nützte. Sie hörten wahrscheinlich sowieso jedes Wort, das sie hier drin wechselten.

Miriam lachte leise. »Ist vielleicht auch gut so. Dann wird Nikolas dir nachher hoffentlich ein paar Antworten geben, wenn er merkt, wie besorgt du bist«, sagte sie und zwinkerte Lucy dabei zu.

Lucy bezweifelte zwar, dass es so kommen würde, aber sie nickte zustimmend. Sie kannte Nikolas. Wenn er etwas vor ihr verheimlichte, dann hatte er wirklich einen triftigen Grund dafür. Und Nikolas zu etwas zu überreden, war eine Kunst, die sie noch nicht vollends beherrschte.

»Kannst du mal bei Hilar horchen? Vielleicht kann er dir irgendetwas sagen«, bat Lucy.

Miriam nickte. »Na klar«, sagte sie. »Aber jetzt mach dir nicht so viele Sorgen. Diesen Tag solltest du eigentlich genießen!« Sie deutete auf Lucys Verlobungsring und lächelte.

Sie hatte recht. Sie hatte von ihrer eigenen Verlobungsfeier kaum etwas mitbekommen. Und das nur, weil sie sich pausenlos Sorgen gemacht hatte. Es würde zwar noch eine zweite Feier geben, die in Lumenia stattfinden würde, aber das sollte sie nicht daran hindern, beide Feierlichkeiten zu genießen. Denn auf der zweiten Feier würde ihre Familie nicht anwesend sein können. Also nahm sie einen tiefen Atemzug und versuchte wenigsten die letzten Momente in sich aufzunehmen und ein paar Erinnerungen zu speichern. Ihr Vater war nämlich, nachdem nicht mehr so viele Lumenier auf der Party waren, zu einem leicht angesäuselten Partyhengst geworden, der mit ihrer Mutter nun das Tanzbein schwang. Und sogar ihr Bruder lockerte ein wenig auf und tanzte mit Alea direkt unter der schimmernden Diskokugel, die Nikolas am Tag zuvor einfach hatte an die Decke schweben lassen, anstatt auf eine Leiter zu klettern und sie dort zu montieren.

Letzten Endes schaffte es Lucy also doch noch, ihren Tag zu retten. Dank Miriam. Sie hatte sie daran erinnert, wie wichtig es war, auf seinen Fokus zu achten. Er konnte einem ganz gehörig den Tag vermiesen. Doch genauso gut konnte man, wenn man seinen Fokus auf das Positive ausrichtete, einen vermiesten Tag auch retten. Das Glück war immer nur eine Entscheidung weit entfernt. Und auch, wenn ihr Nikolas' Sorgengesicht immer noch durch den Kopf ging, war sie jetzt zumindest in der Lage, ein wenig Spaß zu haben.

Ihre Sorgengedanken kamen erst zurück, als Nikolas und sie ihre Eltern nach Hause gefahren hatten und sich nun auf der Rückfahrt anschwiegen. Lucy starrte die Lichtkegel an, welche von den Scheinwerfern auf die feuchte Straße geworfen wurden und versuchte erneut, seinen Gedanken zu lauschen, die sich – vermutlich beabsichtigt – ausschließlich um die Party drehten und wie wunderschön Lucy in ihrem Kleid aussah.

»Versuchst du mich aufzuheitern?«, fragte Lucy irgendwann.

»Funktioniert's?«

Lucy sah ihn kurz an und ärgerte sich darüber, dass sie über sein Grinsen schmunzeln musste. »Verflucht sei dein Koboldgrinsen!«, sagte sie.

Nikolas nahm ihre Hand und sah sie innig an. »Es tut mir leid, Lucy. Ich habe nicht gewollt, dass dieser Tag für dich so läuft. Aber wie hätte ich dir deine Sorgen nehmen sollen? Hättest du mir denn geglaubt, wenn ich dir gesagt hätte, dass sie völlig unbegründet sind? Es wird alles gut. Wie immer.«

»Ja, nur dass du mir zum wiederholten Male den *Weg* zu diesem *Es wird alles gut!* verschweigst. Dass am Ende immer irgendwie alles gut ausgeht, weiß ich auch. Dafür wirst du, werdet ihr, schon sorgen. Ich habe gesehen, wozu ihr in der Lage seid.« Dabei dachte sie erneut an das Beben und die Macht der Lumenier, wobei ihr eine Gänsehaut über die Arme schlich. »Aber du machst dir über den Weg Sorgen, oder? Den Weg zum Happy End.«

Nikolas legte seine Hand wieder auf's Lenkrad und starrte

mit ernstem Gesicht auf die Straße. »Es ist erstaunlich«, sagte er leise, »und es erschreckt mich immer öfter, wie gut du mich kennst.«

»Ich kann eben in dein Herz sehen«, entgegnete Lucy, »auch, wenn du es vor mir verschließt.«

Es ist niemals vor dir verschlossen, sagte er in Gedanken und riss damit seine mentale Mauer ein.

»Dann sag mir, was du siehst. Dir wird doch nichts passieren, oder?«, fragte sie besorgt.

»Nein!«, sagte er schnell und sah ihr dabei kurz aber tief in die Augen. »Mir passiert nie etwas. Das verspreche ich dir. Ich werde immer für dich da sein. Solange du mich haben willst.«

Dasselbe hatte er ihr schon gesagt, als er in ihre Welt zurückgekehrt war, um mit ihr ein gemeinsames Leben zu leben. Was sollte das bedeuten? Sie würde ihn *immer* wollen.

Als er vor ihrem Haus hielt und den Schlüssel aus dem Zündschloss zog, lehnte er sich zu ihr rüber, gab ihr einen liebevollen Kuss und sagte: »Vertrau mir bitte!«

Ja, zum Geier noch mal, sie vertraute ihm. Es war ihr unmöglich, ihm *nicht* zu vertrauen. Alles, was er je getan oder gesagt hatte, war tief begründet und weise gewesen Er hatte zwar in letzter Zeit in Bezug auf Taro ein sehr menschliches, nicht besonders weises Verhalten an den Tag gelegt, aber das änderte nichts daran, wer er war. Er war Nikolas Key. Der Mann, der immer alles schon im Voraus wusste. Dennoch, obwohl sie an diesem besonderen Tag die wohl sinnlichste und berauschendste Nacht ihrer bisherigen Zweisamkeit mit ihm erlebte, fühlte es sich immer, wenn sie auf seiner Brust lag und er ihr über das Haar streichelte, an, als würde er sich von ihr verabschieden. Und es war ihr trotz Akzeptanz und heftigstem Euphoriaspielen nicht möglich, dieses seltsame, bohrende Gefühl loszuwerden. In den wenigen Stunden, in denen sie schliefen, träumte sie davon, wie er sie verließ.

3

VERSCHWUNDEN

Nikolas Key, Nikolas Key … dieser Name stand fast auf jeder Seite dieses zerfledderten Tagebuchs. Während er hilfesuchend durch die Seiten blätterte, warf er immer wieder einen Blick auf sein Handy. Es war schon den ganzen Tag still. Weder seine Familie noch die Polizei schien Informationen über den Verbleib seiner Nichte zu haben. Sie war schon seit Wochen verschwunden. Seit sein Bruder so plötzlich aus dem Leben gerissen worden war.

Er hob den Kopf und betrachtete ein Foto, das in einen kitschigen, goldenen Rahmen gefasst war und auf dem Schreibtisch stand. Der flackernde Kerzenschein reichte nur spärlich bis hinüber zu Marius' Gesicht. Doch er wusste, dass er auf diesem Foto lachte. Ein seltener Moment war hier eingefangen. Marius hatte nie viel zu lachen gehabt. Als Kind nicht – so wie sie alle – und auch als Erwachsener nicht. Er hatte oft Mitleid mit seinem Bruder gehabt. Er war nie aus seiner Kinderrolle und seinem ständigen Kampf um Anerkennung herausgekommen. Seine beiden Geschwister hatten irgendwann gelernt, sich von der Vergangenheit zu lösen, doch Marius hatte bis zuletzt seinen alten Kampf ausgefochten. Ein Kampf, den er nie gewonnen hatte.

Thomas klappte das Tagebuch zu und ging hinüber zum Schreibtisch. Neben dem Foto, auf dem Marius mit seiner Nichte abgebildet war, standen weitere Fotos. Kalt und ohne Rahmen präsentierten sie ihn an seinen glorreichsten Tagen seiner beruflichen Karriere. Er hatte viele Auszeichnungen bekommen. Urkunden und Abzeichen hafteten an den Wänden in diesem Raum, die man in der Dunkelheit nur erahnen konnte. Doch nicht einmal hier, dachte sich Thomas, war ihm echte Anerkennung vergönnt gewesen. Er schlug wieder das Tagebuch auf und las die Stelle, die er schon hundert Mal zuvor gelesen hatte, laut vor:

»Sie verachten mich. Keine meiner Auszeichnungen ist echt. Auf Grund meiner Leistungen *müssen* sie mich auszeichnen. Es ist keinerlei Ehre. Nur Pflicht. Am liebsten würden sie mir die Nadel in die Brust stechen. Ich spüre ihre Abneigung. Sie hassen mich. Und das ist auch gut so. Ich hasse sie ebenfalls. Sie alle.«

Er sah die Zeilen in der Dunkelheit kaum. Er kannte sie bereits auswendig und sprach sie aus wie einen letzten Nachruf seiner zerstörten Seele. Als wollte er der Welt klar machen, dass hinter dieser eiskalten, widerlichen Maske, die er sein Leben lang getragen hatte, ein verletzter, einsamer Mann versteckt gewesen war. Ein Mann, der nie das Glück der Liebe einer Frau erfahren hatte, nie Freundschaft erlebt oder Vertrauen und Zuneigung gespürt hatte. Er war eine verlorene Seele gewesen. Ein Mistkerl, den er oft nicht hatte ertragen können. Seinen eigenen Bruder. Sein Hass, seine

Wut und sein Groll gegen Menschen waren nicht nur ihm gehörig auf die Nerven gegangen, sondern auch seiner Schwester. Die einzigen Menschen, zu denen er Vertrauen gehabt hatte, hatte er mit seinem seelischen Müll oft ans Ende ihrer Kräfte getrieben. Doch er war nicht nur schlecht gewesen. Nein. Marius hatte seine guten Seiten gehabt.

Thomas nahm den goldenen Rahmen in seine Hand und betrachtete das Bild sehr lange. »Du hast sie geliebt«, flüsterte er, »wie deine eigene Tochter. Meine kleine Hannah.«

Hannah, ein junges Mädchen, gerade 15 Jahre alt, stand in ihren zerrissenen Jeans, ihren bunt lackierten Fingernägeln und ihrem zauseligen, blonden Haar neben ihm und umarmte ihn herzlich. Sie sah glücklich aus. So wie er. Sie hatten sich offenbar auf einer Ebene verstanden, die allen anderen schleierhaft gewesen war. Sie waren Freunde gewesen und es war nicht selten vorgekommen, dass Hannah nach Marius verlangt hatte, wenn sie traurig gewesen war, anstatt nach ihren Eltern. Doch jetzt war sie fort. Vor ihrem Schrecken über seinen Tod davongelaufen. Und niemand wusste, wo sie war.

Thomas blätterte noch einmal mit zitternden Händen in dem Tagebuch. Es musste doch einen Hinweis geben! Irgendetwas, das ihm verriet, wo sich Hannah versteckt haben könnte. Aber er fand nichts, außer immer wieder diesen seltsam klingenden Namen: *Nikolas Key*. Wer war der Kerl? Und wieso hatte Marius ihn so sehr gehasst? Oft war sein Name durchgestrichen. Die feinen Linien mit wütenden Zacken zerstört. Und dann fand er ihn an anderer Stelle in der schönsten Schrift voller Bewunderung mit den Worten *übersinnlich, magisch, faszinierend, mächtig* und *charismatisch* niedergeschrieben. Doch die Informationen, die er aus dem Tagebuch – dem einzigen, das er hatte finden können – zusammengesucht hatte, ergaben nur ein undeutliches Bild über einen jungen Mann, der offenbar auf eine übersinnliche, magische Art und Weise faszinierend auf Marius gewirkt und ihn gleichzeitig zur Weißglut getrieben hatte. Er fand nur Informationsfetzen über ihn, hier und da mal einen Satz oder eine Randnotiz. Und manchmal ein abschließendes Wort des Tages: »Ich kriege ihn!«

Nichts. Nichts über Hannah. Kein geheimer Ort, kein Versteck, gar nichts. Warum gab er das Buch nicht einfach der Polizei und ließ *sie* die Arbeit machen? Warum hatte er das Buch verschwiegen? Sie hätten vielleicht eher einen Hinweis finden können als er. Was machte er hier eigentlich? Es ging um das Leben seiner Nichte, verdammt! Was hielt ihn davon ab, von dem Buch zu erzählen? Er blickte es wütend und voller Verzweiflung an und schmiss es schließlich mit aller Kraft gegen den Schrank. Es fiel aufgeschlagen zu Boden. In dem Moment griff er nach seinem Handy und wählte die Nummer seiner Schwester. Sie nahm sofort ab.

»Irgendetwas Neues?«, fragte er.

Stille kam ihm entgegen. Das bedeutete *Nein*.

Sag es ihr!, befahl er sich. *Erzähl ihr von dem Buch!*

Er konnte nicht. Er konnte es einfach nicht! Was war los mit ihm? Er ging hinüber zu dem Schrank und kniete sich vor das Buch, das er schon fast im Schlaf wie ein Gedicht aufsagen konnte.

»Bist du noch da?«, fragte seine Schwester.

»Mhm«, machte er und starrte die Seite an, die aufgeschlagen vor ihm lag. Nikolas Key stand in großen Buchstaben quer darüber geschrieben. Und unten in der Ecke ein wirres Gekrakel, das er sich noch nicht näher betrachtet hatte. Es war eine Zeichnung. Er hob das Buch auf, führte es näher an die Beleuchtung seines Handys und erkannte eine Art Kristall in dem Liniengewirr. Darüber stand erneut »Ich kriege ihn!« Und darunter in winzigen Buchstaben, die kaum zu erkennen waren: »Auch, wenn er mich dafür töten wird.«

Kälte durchzog seine Adern. Eine unangenehme, wissende Kälte. In seinen Gedanken führten sich alle Informationen zusammen und verwoben sich zu einer erschreckenden Erkenntnis. Nikolas Key... war sein Mörder!

»Mach dir keine Sorgen mehr«, sprach Thomas mit ruhiger Stimme ins Telefon. In seinem Kopf entwickelte sich ein finsterer Plan. »Ich weiß, wie ich sie finde.« Dann legte er auf, steckte das Buch ein und stürmte aus dem Büro.

4

Chaos

Miriam goss ihrer kleinen Schwester Maja noch Milch in die Schüssel und beobachtete sie beim Essen, während sie ihren Tee trank. Sie schien sehr beschäftigt die Rosinen in ihrem Müsli zu zählen, doch in ihrem Kopf ertönte kein einziges Wort. Miriam hörte nie die Gedanken ihrer kleinen Schwester. Sie fragte sich langsam, ob mit ihr vielleicht etwas nicht stimmte. Gedanken zu lesen war für Miriam mittlerweile so normal wie für Lucy. Manchmal klangen die Gedanken für sie zwar noch etwas wirr, aber sie wurde immer besser darin. Doch im Kopf ihrer kleinen Schwester war es immer still.

»Maja?«, fragte Miriam und stützte ihr Kinn nachdenklich auf ihre Faust.

Maja sah fragend und mit einem gespielt unschuldigen Blick auf. Diesen Blick kannte sie. Miriam musste unweigerlich grinsen.

»Du hast doch nicht schon wieder was angestellt, oder?«, fragte sie und hob mahnend die Augenbrauen. Es war noch nicht lange her, da hatte sich Maja mitten in der Nacht aus dem Haus geschlichen, um an einem Schulfest teilzunehmen. Sie hatte sich ein Kostüm angezogen und war einfach dort aufgekreuzt, um auf der Bühne einen fast epischen Auftritt hinzulegen. Heimlich. Ohne, dass irgendjemand etwas davon mitbekommen hatte. Erst, als sie am nächsten Morgen überall in den Zeitungen abgebildet war und als neuer Kinderstar gefeiert wurde, war sie aufgeflogen. Sie hatte zahlreiche Erklärungen für ihr Verhalten gefunden, die wirklich plausibel klangen. Aber sie hatte trotzdem Hausarrest bekommen. Sehr lange sogar. Insgeheim war Miriam stolz auf sie. Es musste ein Spektakel gewesen sein und sie hätte sie gern live dort oben auf der Bühne tanzen sehen. Maja war eine brilliante Tänzerin. Das wusste Miriam. Und sie hatte sie sogar selbst dazu ermutigt, ihr Talent einmal einem größeren Publikum zu zeigen, also war Miriam vielleicht nicht ganz unschuldig daran, dass sie in dieser Nacht einfach losgezogen war, um auf diesem Fest zu tanzen.

»Nein!«, stieß Maja hervor. »Ich hab nichts angestellt!«

Miriam lachte. »Naja, das war es auch eigentlich gar nicht, was ich fragen wollte. Du hast nur so ein Unschuldsgesicht gemacht und das machst du nur, wenn du was ausgefressen hast«, sagte sie und zwinkerte ihr zu.

Maja starrte stocksteif in ihre Schüssel.

»Ich wollte dich etwas Anderes fragen. Du hörst doch meine Gedanken, oder?«

Maja nickte. »Hilar hat gesagt, das ist normal, weil ich immer so glücklich bin.«

Es hatte Hilar und Nikolas ziemlich überrascht, als sie

damals herausgefunden hatten, dass Maja ihre Gedanken hören konnte. Hilar hatte immer gesagt, dass Maja etwas Besonderes war. Sie verfügte über Unmengen an Energie, was wohl auf ihre großen Leidenschaften zurückzuführen war. Denn davon hatte sie viele. Sie konnte sich so sehr in ihre Hobbys hineinsteigern, dass sie vor Glück fast zersprang. In diesen Momenten spielte sie wie ein Champion Euphoria – ohne es zu wissen.

»Ja«, bestätigte Miriam, »deine Energie steigt durch deine Glücksgefühle und dadurch hat sich diese Fähigkeit wohl von ganz allein in dir entwickelt. Aber«, sie hielt kurz inne und sah sie nachdenklich an, »ich höre deine Gedanken nicht. Ich habe deine Gedanken noch nie gehört, obwohl ich das auch schon ziemlich gut drauf habe. Hast du eine Idee, woran das liegt?«

Sie starrte immer noch ihre Schüssel an und zuckte mit den Schultern.

»Und... warum fragst du mich eigentlich nie nach Lumenia? Du weißt doch jetzt darüber Bescheid. Genauso wie die anderen. Sie nerven mich alle mit Fragen. Nur du nicht.«

Maja hob nach einer unendlichen Weile den Kopf, lächelte ganz breit und sagte: »Ich sehe doch alles in deinen Gedanken! Die Straßen, die Gebäude, die Menschen. Es ist, als wäre ich selbst dort.«

Miriam nickte lächelnd. Aber das Gefühl, dass mit Maja irgendetwas nicht stimmte, blieb. Sie war in letzter Zeit einfach zu merkwürdig. Sie ging mit dieser ganzen Sache viel zu gelassen um, nahm alles als viel zu selbstverständlich hin. Es ging hier um eine fremde Welt, in der ein König lebte! Sie sollte doch wenigstens ein bisschen fasziniert darüber sein. Sie war 12! In dem Alter träumten Mädchen noch davon, einmal Prinzessin von Beruf zu werden. Aber für sie schien das alles ganz normal zu sein. Hilar hatte recht. Es war etwas Besonderes an ihr. Und das lag nicht nur an ihrer unglaublich hohen Energie, die Hilar und auch alle anderen Lumenier immer wieder faszinierte, sondern an ihrer ganzen Art. Irgendetwas war mit ihr. Sie wusste nur noch nicht, was.

»Was machst du heute?«, fragte Maja plötzlich und wechselte damit schlagartig das Thema.

Miriam seufzte. Ihre kleine Schwester war manchmal unergründlich. »Ich fahre zu Lucy«, antwortete sie. »Wir räumen das Chaos von gestern auf. Und du?«

»Ich treffe mich mit einer Freundin.« Dann stand sie schnell auf und ging ins Wohnzimmer.

Miriam folgte ihr. »Mit derselben, mit der du dich schon seit ein paar Monaten triffst?«

Maja sah sie überrascht an und nickte.

»Wie heißt sie eigentlich?«

»M … Monika«, murmelte sie.

Miriam schnaubte. Sie sah es ihr einfach an der Nasenspitze an, wenn sie log. Warum tat sie das? Was verbarg sie vor ihr? Doch bevor sie etwas sagen konnte, wurde sie von den Nachrichten abgelenkt, die gerade im TV liefen.

»...wurde eine Gruppe Jugendlicher in Gewahrsam genommen, die an einer Schule randaliert hatten. Augenzeugen zu Folge seien

Gegenstände wie Tische und Stühle durch die Luft geflogen und Bücher unter ihren Blicken zerrissen, ohne, dass sie sie berührt hätten.«

Miriam stand der Schrecken ins Gesicht geschrieben. Und auch Maja starrte mit großen Augen und offenem Mund in den Fernseher. Es folgten Aufnahmen von Schülern, die vor dem Schulgebäude berichteten, was sie gesehen hatten. *»Sie sind total durchgedreht!«*, rief ein Mädchen atemlos. *»Sie haben nur ihre Arme bewegt und die Tische und Stühle haben das gemacht, was sie wollten! Das war total irre!«*

»Ein Polizeisprecher teilte mit, dass keine Schüler verletzt worden waren«, berichtete die Nachrichtensprecherin. *»Allerdings seien die Lehrer in Abstellkammern und Lehrerzimmern eingeschlossen worden und mussten von der Polizei befreit werden. Es kam niemand zu Schaden.«*

»Das gibt's doch nicht«, flüsterte Miriam.

»In der Dortmunder Innenstadt gab es gestern eine Auseinandersetzung mit der Polizei, als eine Frau das ungerechte und respektlose Verhalten eines Mannes gegenüber seines Hundes anprangerte«, berichtete die Nachrichtensprecherin weiter. *»Passanten hatten sich sofort auf die Seite der Frau geschlagen und es entstand eine spontane Revolte gegen Tierquälerei. Ähnliche Auseinandersetzungen gab es zur selben Zeit in elf weiteren Städten deutschlandweit, die mit großen Einsatzkräften der Polizei unter Kontrolle gebracht werden mussten. Die Polizei sprach von einem kollektiven und teilweise gewaltsamen Aufstand gegen Ungerechtigkeit. Des Weiteren gab es in der Nacht in vielen Städten Brandstiftungen, die in direktem Zusammenhang mit den Revolten stünden.«*

Miriam griff sofort nach dem Telefon und wählte Lucys Nummer. Als sie abnahm, sagte sie ihr, sie solle den Fernseher einschalten und sich die Nachrichten ansehen. »Siehst du das? Ich glaube, jetzt drehen alle durch!«, sagte Miriam erschrocken.

Als Lucy den Fernseher einschaltete, sah sie einen Bericht über einen Amokläufer, der gestern in einem großen Geschäftsgebäude um sich geschossen hatte und immer wieder gerufen hatte, er könne die fremden Gedanken in seinem Kopf nicht ertragen. Lucy krachte die Kinnlade runter. Im nächsten Bericht ging es um eine Frau, die ein Juweliergeschäft hatte ausrauben wollen, da sie der Meinung war, dass Reichtum einem jeden Menschen zustünde und nicht nur einigen wenigen. Dann sah sie erschreckende Bilder, wie Menschen aufeinander losgingen, sich anschrien und im nächsten Moment vor Verzweiflung weinten.

»Oh mein Gott«, flüsterte Lucy.

»Bricht hier jetzt das Chaos aus?«, fragte Miriam panisch. »Das ist doch nicht normal! Meinst du, das liegt an der steigenden Energie?«

Lucy wurde blass. »Möglich«, hauchte sie ins Telefon.

»Und ist das nicht komisch, dass alles zur selben Zeit passiert ist? Alles gestern Vormittag. Außer die Brände…«

Jetzt wurde Lucy schlecht. »Es ist alles zur selben Zeit passiert?«

»Ja, das meinte jedenfalls die Frau in den Nachrichten.«

»Gestern Vormittag…«, sagte Lucy heiser und schluckte, »war das Beben in Lumenia.«

Jetzt sagte Miriam nichts mehr und Lucy spürte, wie ihr

kalt wurde.

»Ich muss mit Nikolas sprechen«, sagte Lucy und wollte schon in Gedanken nach ihm rufen, als ihr einfiel, dass er heute noch einmal zu einer Besprechung eingeladen worden war. Dort wollte sie ihn nicht herausreißen. Sie wusste, wie groß sein Respekt vor dem Ältestenrat war.

»Mist«, fluchte sie. Nikolas war der Einzige, der sie – auch über die Grenze zwischen den Welten hinweg – in Gedanken hören konnte.

»Das stimmt nicht«, sagte Miriam am anderen Ende. Lucy hatte ganz vergessen, dass sie immer noch am Telefon war.

»Taro kann dich auch hören.«

Warum wurde Lucy auf einmal so heiß? Ihr stieg regelrecht die Schamesröte ins Gesicht. »Woher willst du das wissen?«, fragte sie mit einer Abwehr in der Stimme, die nicht nur sie, sondern auch Miriam etwas verwirrte.

»Na, weißt du nicht mehr? Er hat dich doch monatelang kontrolliert. Jeden Gedanken von dir, deine Gefühle, alles, was du tust, sagst...«

»Ja, ich weiß! Na und?« Schon wieder klang sie so bissig.

Miriam war einen Moment lang still. Dann sprach sie ganz leise und vorsichtig weiter: »Das hat er von Lumenia aus getan. Also kann er dich von dort aus hören.«

Endlich dämmerte es ihr. Warum war sie da nicht selbst drauf gekommen?

»Vielleicht, weil es dir nicht gefällt?«, deutete Miriam leise an.

»Ja, ja, ja«, fratzte Lucy. »Schon gut.«

Miriam kicherte leise. »Also, Hilar kann mich da drüben

nicht hören. Bleibt nur noch Taro übrig. Sag mir Bescheid, was er gesagt hat.« Und dann legte sie auf.

Lucy starrte den Telefonhörer an und hätte ihn am liebsten vor Ärger zerdrückt. Nein, es gefiel ihr ganz und gar nicht, dass sie eine solche Verbindung zu Taro hatte. Und es gefiel ihr noch weniger, dass sie ihn jetzt rufen musste. Er würde doch nur wieder die Gelegenheit ergreifen und sie mit seinen Flirtereien nerven. Aber sie musste es tun. Die Lumenier mussten erfahren, was in dieser Welt los war. Außerdem wollte sie in Erfahrung bringen, welche Verbindung es zwischen dem Beben und dem Chaos in dieser Welt gab. Also rief sie ihn. So kühl und emotionslos, wie sie nur konnte.

Sie wartete etwa fünf Minuten und lief im Korridor auf und ab. Dann hörte sie ihn auf der Veranda. Die Tür öffnete sich von allein und er trat wie selbstverständlich in ihr Haus ein.

»Was ist los?«, fragte er. Das warme, fürsorgliche Leuchten in seinen Augen ließ sein ernstes Gesicht nicht ganz so hart erscheinen.

»Ich gehe mal davon aus, dass du dir nicht die Nachrichten aus unserer Welt ansiehst?!«, begann sie mit kalter Stimme und versuchte, einen größeren Abstand zwischen sich und ihn zu bringen, als er näher kam.

Er hob die Augenbrauen, was so viel bedeutete, wie: *Ich bin doch nicht verrückt!*

Lucy berichtete ihm, was sie gehört und gesehen hatte und ließ es nicht aus, mehrfach zu erwähnen, zu welchem Zeitpunkt all diese Ereignisse stattgefunden hatten.

Mittlerweile stand sie mit ihm im Wohnzimmer und er betrachtete emotionslos den Fernseher. Lucy hatte den Ton ausgeschaltet, um sich mit ihm unterhalten zu können. »Das ist doch kein Zufall!«, sagte sie. »In Lumenia gibt es ein Erdbeben und hier drehen alle durch!«

Taro reagierte nicht auf ihre Worte. Er starrte weiterhin in den Bildschirm und schien zu überlegen. Lucy hörte seine Gedanken nicht. Langsam hatte sie es satt, dass scheinbar jeder Lumenier Geheimnisse vor ihr hatte. Sie hätte am liebsten seine mentale Mauer durchbrochen.

»Sag doch etwas«, bat sie ungeduldig.

Einen Moment später drehte er sich zu ihr um und sah sie lange an. Sein Blick war warm. Und viel zu innig. Schon wieder wurde ihr kochend heiß. Und es wurde ihr zunehmend unangenehmer, mit ihm allein zu sein.

Er schmunzelte. Wie oft hatte sie dieses amüsierte Grinsen in den letzten Wochen schon gesehen? Er trieb sie noch in den Wahnsinn. Und Nikolas ebenfalls.

»Wenn dir meine Gesellschaft so unangenehm ist, warum hast du dann nicht Nikolas gerufen?«

»Er ist in einer Besprechung!«, verteidigte sie sich.

»Ich weiß«, entgegnete er mit einem wissenden Blick. »Ich war in derselben, bevor du mich mit deinen kalten Worten gerufen hast.«

Lucy senkte beschämt den Blick. »Das konnte ich nicht wissen.« Sie sah ihn nicht an, spürte jedoch seinen Blick auf ihrem erröteten Gesicht.

»Es geht um einen Plan, wie wir die Energie des Landes wieder anheben können«, berichtete er plötzlich und sah wieder zum Fernseher. »Wir hatten gestern Vormittag, als das Beben war, einen heftigen Energieabfall. Zur selben Zeit«, er nickte die Bilder an, die im TV flimmerten, »stieg die Energie in deiner Welt rapide an. Die Auswirkungen siehst du ja.«

Lucy hörte ihm aufmerksam zu und war froh, dass er endlich von ihr abließ und sich auf das Wesentliche konzentrierte.

»Nikolas sagt, es müssen erst die Ursachen behoben werden, welche das Sinken der Energie auslösen.«

Taro nickte, ging um die Couch herum und setzte sich. Lucy setzte sich neben ihn, hielt jedoch einen gewissen Abstand zu ihm ein.

»Ein entscheidender Faktor ist die Angst der Lumenier«, erklärte er weiter.

Lucy machte ein überraschtes Gesicht. »*Ihr* habt Angst?«

Taro lachte. Ein so zuckersüßes Lachen, dass Lucy unweigerlich vor Entzückung lächeln musste. Er sah so hübsch aus, wenn er lachte. Zum Glück reagierte er jedoch nicht auf ihre Gedanken, sondern antwortete gleich. »Sie liegt in unserer Geschichte begründet. Sie ist der Grund, warum wir uns von eurer Welt getrennt haben. Es ist die Angst vor dem Vergessen. Die Angst, die Göttlichkeit zu verlieren und so zu enden... wie ihr.« Dabei sah er sie weder abwertend noch mit Abscheu an, so wie er es früher getan hatte, sondern mit Bewunderung in seinen Augen. Für ihn gehörte Lucy definitiv nicht zu den Menschen, die er gerade beschrieben hatte, sondern war einzigartig. Ein einzigartiges, göttliches Wesen, das er zutiefst verehrte. Das hatte er ihr in den letzten Wochen mehrmals gesagt.

Lucy versuchte, sich dieses Mal nicht von seinen Gedanken in Verlegenheit bringen zu lassen, sondern konzentrierte sich auf's Thema. »Und«, sagte sie heiser, »wie wollt ihr den Lumeniern die Angst nehmen?«

»Das besprechen wir gerade. Es ist nicht leicht, eine uralte und tief sitzende Angst zu löschen. Zumal die Gefahr immer größer wird, dass sich diese Angst bewahrheitet.«

»Aber wahrscheinlich bewahrheitet sie sich nur deshalb, weil ihr sie *habt*, oder?«

Taro nickte. »Ja, natürlich. Sie manifestiert sich im Außen. Die Wirklichkeit spiegelt sie uns wider und erschafft Situationen, die uns erneut diese Angst spüren lassen. Und je stärker die Angst wird, umso schlimmer werden die Situationen.«

Lucy nickte verständnisvoll, obwohl sie es kaum fassen konnte, dass die perfekten Lumenier tatsächlich eine solch schwerwiegende Schwäche hatten. Doch dann kam ihr plötzlich eine Idee. »Die Lumenier müssten vielleicht einfach sehen, dass die Welt hier gar nicht so böse ist, wie sie denken.«

Taro blickte sie entsetzt an. »Das war jetzt nicht dein ernst.«

Lucy richtete sich empört auf. »Doch, war es! So übel ist diese Welt nun auch wieder nicht. Ich weiß jedenfalls, dass man seine Angst ganz schnell verliert, wenn man ihr direkt in die Augen blickt und sich ihr stellt. Und ich denke, wenn die Lumenier sehen, dass diese Welt auch schöne Seiten hat und dass die Menschen ihre Göttlichkeit nicht komplett

vergessen haben, würden sie ihre Angst vielleicht verlieren.«
Das Entsetzen wich jedoch nicht aus seinem Gesicht. Im
Gegenteil. Es wurde immer schlimmer. Seine Augen waren
weit aufgerissen. Er blickte sie so ungläubig an, als habe sie
ihm vorgeschlagen, zum Mond zu fliegen und dort
heilendes Wasser zu kaufen.

»Was guckst du mich denn so an? So irre ist die Idee doch
gar nicht!«

Taro nahm ohne ein Wort die Fernbedienung und
schaltete auf einen Sender um, in dem ein Bericht über
Kriegswaffen lief. Woher er wusste, dass dort gerade so
etwas – sehr schädigendes für Lucys Idee – lief, wusste sie
nicht. Aber seine stumme Argumentation fruchtete. Lucy
verstummte.

»Ungeachtet dessen, dass ich dich zutiefst respektiere,
kann ich deine irre Idee nicht ernst nehmen, Lucy. Du weißt,
in was für einer Welt du lebst. Du hast sie vor nicht allzu
langer Zeit selbst verabscheut und gehasst.«

»Und dieser Hass hat mich krank gemacht.«

»Mag sein«, entgegnete er schneidend, »aber das ändert
nichts an der Tatsache, dass diese Welt so ist, wie sie ist und
dass kein Lumenier es auch nur im Entferntesten in Betracht
ziehen wird, diese Perversion als *nicht so schlimm* zu
betrachten.«

»Das sollen sie ja auch nicht. Sie sollen nur sehen, dass es
auch die andere Seite gibt. Dass die Menschen noch diesen
göttlichen Funken in sich tragen und dass es Hoffnung gibt.
Ich wollte doch nur helfen.«

Taro rutschte jetzt näher zu ihr und sah ihr tief in die

Augen.»Ich weiß deine Hilfe zu schätzen. Aber *das*«, sagte er mit einer tiefen, brummenden Stimme,»ist ein Ding der Unmöglichkeit. Du kennst unsere Geschichte nicht, Lucy.«

Lucys Herz hämmerte auf einmal gegen ihre Brust, wie ein Presslufthammer. Er war ihr schon einmal so nah gewesen. Damals, als er sie einfach geküsst hatte. Warum dachte sie jetzt daran? Sie versuchte, ihre Gedanken zu ordnen, räusperte sich und sagte:»Ihr habt mir beigebracht, dass nichts unmöglich ist.«

Jetzt verstummte er. Doch sein Blick sprach tausend Bände. Er wanderte über ihr Gesicht und blieb an ihren Lippen haften.»Na schön«, hauchte er und sah ihr wieder in die Augen.»Ich werde meinem Vater von deiner Idee berichten und dir dann sagen, was er dazu meint. Okay?«

Lucy wich ein wenig zurück und versuchte kühl zu klingen, als sie sagte:»Gut!«

Er machte sie wütend. Er machte sie furchtbar wütend mit seiner plötzlich so liebevollen Art. Er hatte ihr besser gefallen, als er noch ein eiskalter Weltenzerstörer gewesen war. Da war es ihr leichter gefallen, sich emotional von ihm fernzuhalten. Doch jetzt fühlte sie sich viel zu sehr zu ihm hingezogen und auf eine seltsame Art und Weise verbunden. Und das machte sie rasend vor Wut. Er würde ihr noch alles kaputt machen mit seinem Welpenblick, seinem süßen Lachen und seiner unglaublichen Statur, die ihr jedes Körperhaar aufstellte. In seinem Mundwinkel zuckte ein Lächeln, als er diesen Gedanken hörte. Und deshalb entschied Lucy sich für einen Angriff, der ihm seinen hübschen Kopf endlich wieder abkühlte.

»Ich dachte, du wärst vernünftiger geworden, nach allem, was passiert ist. Aber du hast dich kein bisschen verändert«, schimpfte sie. »Anscheinend hast du immer noch einen Hass auf Nikolas, sonst würdest du doch nicht solche Spielchen mit ihm spielen. Du treibst ihn noch in den Wahnsinn, weißt du das?«

Er sah sie unbeeindruckt an. »Ihn oder dich?«

»Hör auf damit! Du weißt, dass ich ihn liebe! Was soll das also?«

Taro berührte jetzt ihr Gesicht mit einer Hand und kam ihr gefährlich nahe. Dann flüsterte er: »Ich will, dass du aufhörst, dagegen zu kämpfen. Es ist nichts Schlimmes, so zu fühlen.«

»Doch, ist es«, erwiderte sie leise. Und es erschreckte sie, wie verzweifelt sie dabei klang. Ihr war nicht klar gewesen, wie stark ihre Gefühle noch für ihn waren. Sie hatte sie ja auch mit ihrer Wut gut verbergen können. Seine Spielereien hatten ihr da gut in den Kram gepasst. So konnte sie ihm Ablehnung entgegenschlagen und damit ihre Zuneigung zu ihm übertünchen. »Es macht mir alles kaputt.«

»Nur, wenn du dagegen kämpfst, Lucy. So ist es mit allem im Leben«, flüsterte er auf ihre Lippen. »Akzeptiere es einfach. Es ist da und es ist okay so. Vertrau mir.«

Warum? Warum vertraute sie ihm mindestens genauso sehr wie Nikolas? Gerade *ihm*! Dem verrückten Kerl, der sie manipuliert und für seine Machenschaften ausgenutzt hatte. Was hatte er ihr und den Menschen, die sie liebte, schon alles angetan? Und warum hatte sie ihm das alles einfach so verziehen? Warum konnte sie ihm einfach nicht böse sein?

Egal was er tat.

»Weil du mich verstehst, Lucy. Und weil du mich liebst.«

Sie ließ es geschehen. Sie ließ es einfach geschehen, dass er sie jetzt küsste. Und es fühlte sich an, als sei es ganz normal. Seine Lippen berührten die ihren zuerst nur zaghaft. Testend, als würde er sich langsam in ihr Reich vorwagen wollen. Warm und weich liebkoste er sie, umspielte sie, wie ein Künstler der Verführung. Die sanften Berührungen zuckten durch ihren Körper wie warmer Strom, der versuchte, einen Motor zum Anspringen zu bringen. Und bald schon bebte das Verlangen nach mehr in ihr, woraufhin seine Küsse leidenschaftlicher wurden. Heißer. Inniger. Sie spürte seine Zunge auf ihren Lippen und verlor fast den Verstand. Was tat sie da? Und warum fühlte es sich so gut an? So richtig. Hatte er recht mit dem, was er gesagt hatte? Sollte sie es einfach akzeptieren? Sie tat es schon längst. Doch in dem Moment, in dem sie Nikolas' Gegenwart spürte, erwachte der Kampf wieder in ihr. Sie stieß Taro unsanft von sich, schnappte nach Luft und drehte sich um. Da stand er. Lehnte mit verschränkten Armen im Türrahmen und sah sie an. In seinem Blick gab es nicht den Hauch eines Vorwurfs und nicht einmal Wut. Nur Schmerz. Tiefen, seelenerschütternden Schmerz.

5

TRENNUNG

Nikolas hatte ihm nichts getan. Er hatte ihn nur mit gewohnt ruhiger Stimme aufgefordert, sein Haus zu verlassen, woraufhin Taro sofort gegangen war. Jetzt stand Lucy vor ihm. Es war ihr nicht möglich, die Scham und die Schuld in Worte zu fassen, die sie fühlte. Sie hatte ihm wehgetan. *Ihm*. Dem Mann, den sie über alles liebte. Wie hatte sie es nur so weit kommen lassen können? Und wie sollte er ihr das je verzeihen? Konnte sie sich das überhaupt selbst jemals vergeben?

»Lucy«, raunte er, seufzte dabei schwer und legte sich die Hand an den Kopf. »Hör auf damit.«

Sie sah ihn fragend an.

»Hör auf, dich für deine Gefühle schuldig zu fühlen. Es ist okay.«

Jetzt wurde Lucy wütend. »Nein, DU hörst auf! Hör auf, immer für alles Verständnis zu haben und mein Verhalten, selbst wenn es total unter aller Sau ist, zu entschuldigen! Ich hab mich wie der letzte Dreck benommen! Sei wütend auf mich!«

Er sah sie völlig ruhig an. »Ich kann nicht.«

Als sie sah, wie sich in seinen Augen Tränen sammelten,

ging sie auf ihn zu und nahm seine Hand. »Niko, du musst nicht immer der Gute sein. Du darfst auch mal ausrasten. Du darfst wütend sein. Du kannst mir Vorwürfe machen, mich anschreien. Mach irgendwas. Sag irgendwas. Bitte. Ich fühle mich schon mies genug, auch ohne, dass du den Heiligen spielst.«

Jetzt nahm er ihr Gesicht zwischen seine Hände und lächelte milde. »Ich könnte ihn vor Wut auseinander nehmen, Lucy. Aber das werde ich nicht tun. Er hat mir nur gezeigt, was ich nicht akzeptieren wollte.«

Sie zwinkerte ihn verständnislos an und runzelte die Stirn. »Was meinst du damit?«

Einen Moment lang sagte er nichts. Er sah sie nur an. Umarmte ihr Gesicht mit seinen Blicken. »Ich habe gewusst, dass das passieren würde. Ich habe es gesehen.«

Lucy starrte ihn erschrocken an. Und mit jeder Sekunde und jedem Wort, das er sprach, schämte sie sich mehr. Was musste es für ein fürchterliches Gefühl für ihn gewesen sein, so etwas kommen zu sehen? Sie konnte sich kaum vorstellen, wie das für ihn gewesen sein musste. »Wie lange schon?«, fragte sie vorsichtig.

»Seit ein paar Wochen.«

Jetzt wurde ihr alles klar. Deswegen war er auf Taros Spielchen so angesprungen. Wie hatte er bloß all die Wochen so liebevoll zu ihr sein können, obwohl er wusste, was sie tun würde?

»Weil ich dich liebe, Lucy. Und jetzt hör mir genau zu. Das ist wichtig. Ich werde dich immer lieben. Egal, was du tust. Und egal, was passiert. Es ist in Ordnung für mich. Ich weiß, dass du ihn liebst, also bitte hör auf, dich für deine Gefühle schuldig zu fühlen. Akzeptiere sie. Das tue ich auch. Und noch etwas: Hab jetzt bitte keine Angst. Es wird alles gut. Vertrau mir.«

In diesem Moment ertönte das reißende Geräusch, das sie schon damals gehört hatte, als Miriam von der Veranda geflogen war. Und sie hatte es auch gehört, als einer ihrer Verfolger in ihr Haus hatte einbrechen wollen. Sie zuckte vor Schreck zusammen, doch Nikolas umfasste ihre Schultern, gab ihr einen Kuss auf die Stirn und sagte ihr erneut, sie solle sich nicht fürchten. Dann ging er zur Haustür, öffnete sie und trat hinaus. Irgendjemand schrie seinen Namen. Mehrmals. Lucy lief ihm hinterher und blieb stocksteif auf der Veranda stehen, als sie sah, wie ein Mann mit einer Schusswaffe auf Niklas zeigte. Schon wieder. Er rappelte sich gerade wieder von der Wiese hoch und fuchtelte nervös mit dem Revolver herum. Man merkte sofort, dass er noch nie eine Waffe in der Hand gehalten hatte. Nikolas ging auf ihn zu und hob seine Hände.

»Ja«, sagte er ruhig. »Ich bin Nikolas Key.«

»Niko?!«, rief Lucy panisch. »Was ist hier los?«

Ganz ruhig, hörte sie seine Stimme in ihrem Kopf. *Er wird mir nichts tun. Bleib hinter mir.*

»Du«, sagte der Mann mit einem bebenden Zorn in der Stimme, »hast meinen Bruder getötet!«

Lucy hörte in seinen Gedanken den Namen Marius und wurde augenblicklich kreidebleich. Er hatte tatsächlich Familie gehabt. Hatte Nikolas auch das gewusst? Und hatte er kommen sehen, dass sich sein Bruder an ihm würde rächen wollen?

»Er wollte meine Frau töten«, erklärte Nikolas.

Lucy wurde bei den Worten *meine Frau* warm ums Herz.

»Es war Notwehr«, fügte er hinzu.

Lucy spürte die Verzweiflung des Mannes so deutlich, dass sie kurz davor war, in seinen Abgrund zu stürzen. Sie fühlte ein Verantwortungsgefühl von ihm ausgehen und Liebe. Aber auch Hass, Wut und nackte Angst.

»Ich weiß, dass er ein Mistkerl war!«, schrie der Mann den Tränen nahe. »Aber er hat den Tod nicht verdient.«

»Nein«, sagte Nikolas, immer noch mit erhobenen Händen. »Und das tut mir sehr leid. Aber ich habe keinen anderen Weg gesehen, um die Frau zu beschützen, die ich liebe und die jetzt hinter mir steht und vor Angst um mich zittert.«

Lucy versteckte ihre zitternden Hände hinter ihrem Rücken und zuckte zusammen, als der Mann sie ansah. In seinen Gedanken hörte sie, dass es ihm leid tat. Aber auch er sah keinen anderen Weg.

»Es geht mir nicht um Rache«, sagte er. »Ich will, dass du etwas für mich tust, Nikolas Key. Und du *wirst* es tun. Um deine Schuld zu begleichen.«

Nikolas willigte sofort ein. Noch bevor der Mann überhaupt irgendeine Forderung gestellt hatte.

»Niko!«, protestierte Lucy.

»Ist schon gut«, sagte Nikolas. »Was es auch ist. Ich werde es tun.«

Er wollte tatsächlich seine Schuld begleichen. Das, was er getan hatte, wieder gut machen. Und er hatte genau gewusst, dass dieser Tag kommen würde, an dem er die Chance dazu erhielt. So wie er immer alles schon vorher wusste.

»Du wirst mit mir kommen«, befahl der Mann. »Und meine Nichte finden, die *deinetwegen* verschwunden ist!« Nikolas willigte mit einem verständnisvollen Nicken ein und deutete auf die Waffe. »Ich werde tun, was du sagst. Aber nimm die Waffe runter. Sie ist nicht notwendig.« Er ließ den Revolver nur langsam sinken und als er nicht mehr auf Nikolas zeigte, sondern auf die Wiese, atmete Lucy auf.

Warum hast du sie nicht zerfallen lassen?, fragte Lucy ihr in Gedanken.

Es ist wichtig für ihn, dass er sich überlegen fühlt, antwortete Nikolas, noch bevor Lucy ihre Frage zu Ende formuliert hatte. *Sonst traut er mir nicht.*

»Er hat etwas über dich geschrieben«, sagte der Mann jetzt etwas ruhiger. »In seinem Tagebuch.«

Lucy spürte Nikolas' Entsetzen darüber, dass es offenbar noch Unterlagen über ihn gab, welche nicht von den Lumeniern aufgespürt und vernichtet worden waren.

»Das ist nicht möglich«, sagte er.

»Was soll das heißen? Natürlich ist es möglich! Es steht schwarz auf weiß. Wie hätte ich dich sonst finden sollen?«

Nikolas leitete diese Information sofort an Hilar weiter, der ein paar Häuser weiter auf Abruf stand, um sofort eingreifen zu können, wenn die Situation eskalierte. Er hatte sie ebenfalls kommen sehen und schon gestern mit ihm darüber gesprochen. Nikolas spürte, dass Miriam bei ihm war und ebenfalls alles mitbekam.

Lucy hörte den inneren Dialog mit Hilar und konnte nicht glauben, dass alle bereits über diese Situation Bescheid wussten. Dass sie sie hatten kommen sehen und nichts unternommen hatten, um sie zu verhindern. Doch noch schlimmer fand sie es, dass keiner von ihnen ein Wort darüber verloren hatte. Dass nicht einmal Nikolas mit ihr darüber gesprochen hatte, dass er fortgehen würde. Sie hatten sie alle im Dunkeln tappen lassen und nun stand sie vor vollendeten Tatsachen. Sie fühlte sich völlig ausgeschlossen.

Es tut mir leid, Lucy, dachte Nikolas. Es schwang etwas Trauriges in seinen Gedanken mit. Aber es musste sein.

Warum? Warum um Himmels Willen hatten auf einmal alle Geheimnisse vor ihr? Warum sagte ihr keiner mehr etwas? Was ging hier vor sich? Lucy stand völlig neben sich. Sie verstand die Welt nicht mehr. Wenn Nikolas diese Trennung hatte kommen sehen, warum hatte er sich dann erst mit ihr verlobt und diese Feier mit ihr zelebriert? Was spielte er hier für ein Spiel?

Auf einmal drehte er sich zu ihr um und sah sie mit einem schmerzerfüllten Gesichtsausdruck an. Seine blauen Augen wirkten wässrig. Er formte stumm mit seinen Lippen die Worte: Vertrau mir! Und gleichzeitig erklangen sie in ihrem Kopf. Doch sie wirkten nicht mehr so wie früher. Sie stießen gegen eine Wand, die bisher noch niemals zwischen ihr und Nikolas gestanden hatte. Eine Wand, die Misstrauen hieß.

60

6

marion

hannah war nicht dumm. Sie wusste, wie man sich in einer fremden Umgebung durchschlug, wie man die Leute dazu brachte, ein bisschen Geld herauszurücken und wie man sich einen sicheren Schlafplatz organisierte. Man durfte nur nicht schüchtern sein. Und man durfte die Menschen nicht spüren lassen, dass man Angst hatte und ganz allein war. Sie erzählte nie jemandem ihren richtigen Namen. Und sie verriet auch nie, wo ihre Reise hin ging. Sie wollte nicht, dass ihr irgendjemand, der Verdacht geschöpft hatte, die Polizei hinterher schickte. Also erfand sie pausenlos Geschichten. Und bisher war auch alles gut gegangen. Sie war fast am Ziel. Nach wochenlangem Geld erbetteln, Bus und Zug fahren und ewig langen Fußmärschen, war sie fast bei ihr. Sie spürte, dass sie ihr ganz nah war. Dieser Frau, die Marius geliebt hatte. Sie musste sie finden und ihr erzählen, was passiert war.

Hannah packte einen Schokoriegel aus und biss ein großes Stück davon ab, als sie durch die belebten Straßen ging. Nebenbei las sie sich noch einmal ihren Notizzettel durch. Sie hatte einige Anhaltspunkte. Aus all den E-Mails, die sie und Marius sich geschrieben hatten, hatte Hannah ein paar nützliche Informationen herausfinden können. Sie hatte zwar nie mit einem Nachnamen unterschrieben, sondern immer nur mit ihren beiden Vornamen: Marion Karin. Aber, dass sie Künstlerin war, die sieben Sprachen sprechen konnte und in einem großen Anwesen an der Küste Frankreichs lebte, grenzte die Suche schon sehr ein. Den Rest hatte sie über das Internet herausgefunden. Zum Glück hatte Hannah in der Schule Französisch gehabt, so dass sie sich einigermaßen verständigen konnte.

Als sie endlich die Küste erreichte, ließ sie sich für einen Moment von der atemberaubenden Schönheit mitreißen und blieb eine Weile stehen. Gerade ging die Sonne unter und färbte das Wasser in ein tief dunkles Orange. Der Himmel war dunkelblau, fast violett und es duftete nach Meer und Blumen. Hannah setzte sich wie in Trance wieder in Bewegung. Sie hatte noch nie das Meer gesehen. Es war wunderschön! Wie glücklich die Menschen hier sein mussten, sich dieses Naturschauspiel jeden Abend ansehen zu dürfen. An solch einem Ort, dachte sich Hannah, fiel es einem bestimmt leicht, schöne Bilder zu malen. So wie Marion es tat. Als ihr dieser Gedanke kam, fiel ihr die Galerie ein, die sie aufsuchen wollte. Sie holte noch einmal den Zettel mit der Adresse hervor und hielt ihn einem Pärchen unter die Nase.

Sie deuteten direkt auf's Wasser und erklärten ihr, sie solle sich rechts halten. Hannah lief sofort los. Sie konnte es kaum erwarten, Marion kennenzulernen. Sie war die einzige gewesen, die Marius verstanden und ihn nicht verurteilt hatte. In ihren Briefen war sie immer so liebevoll zu ihm gewesen. Voller Verständnis für seine Gefühle. Nicht einmal seine eigene Familie hatte ihm so viel Verständnis entgegen gebracht. Sie hatten ihn alle verurteilt und missverstanden. Genauso wie sie Hannah missverstanden. Hannah und Marius waren Freunde gewesen. Um ehrlich zu sein, war Marius ihr einziger Freund gewesen. Und sie wusste, dass auch er niemanden gehabt hatte, außer sie. Und diese Frau, mit der er sich monatelang E-Mails geschrieben hatte.

Sie ging mit traurigem Gesicht am Wasser entlang und hielt nach der Galerie Ausschau. Es gab hier unzählige Eisdielen und Cafés. Die Leute saßen draußen, unterhielten sich und lachten. Es war eine fröhliche, ausgelassene Atmosphäre, die Hannah jedoch im Moment kaum wahrnahm. Sie suchte nur den Namen der Galerie über den Köpfen all der Leute. Als sie sie endlich erblickte, raste ihr Herz los. Sie steckte schnell den Zettel ein, lief über die Straße, rempelte versehentlich ein paar Leute an und stieß die Tür auf, wobei ein wildes Klingeln ertönte, das von den kleinen Glöckchen über der Tür kam.

»Excusez-moi!«, rief sie in den leeren mit großen Gemälden behangenen Raum. »Hallo?«

Aus einem Hinterraum kam ein älterer Mann mit einem weißen Bart und einer rahmenlosen Brille und blickte Hannah überrascht an. Offenbar sah er es nicht oft, dass Kinder seine Galerie betraten.

Ohne zu zögern, fragte Hannah nach Marion Karin, woraufhin sich das Gesicht des Mannes sofort erhellte. Sie erfuhr, dass er momentan keine Bilder von ihr habe, aber gerade die Zusage für eine Ausstellung erhielt.

»Ich will kein Bild kaufen«, sagte Hannah auf Französisch. »Ich will sie treffen. Bitte sagen Sie mir, wo ich sie finde!« Ihre Adresse war das Einzige, das Hannah nicht hatte herausfinden können. Es waren immer nur Galerien angegeben gewesen.

In diesem Moment kam eine Frau hinter dem Mann hervor. Sie war etwa in den Vierzigern. Aus ihrer hochgesteckten Frisur fielen ihr ein paar aschblonde Strähnen auf die nackten Schultern. Sie trug ein trägerloses Kleid und Highheels und in ihrer Hand hielt sie ein paar Blatt Papier und einen Kugelschreiber. Offenbar machte sie gerade Geschäfte mit dem Galeristen.

»Was willst du von ihr?«, fragte die Frau.

Hannah sah sie überrascht an. »Sie sprechen Deutsch?«

»Ja, ebenso wie Marion. Ich bin ihre Agentin«, teilte sie etwas streng mit, nahm sich die Brille von der Nase und steckte sie sich in die Frisur. »Wenn du also etwas von Marion willst, musst du erst mit mir sprechen.«

Hannah wollte sich nicht anmerken lassen, dass sie schüchtern war und ängstlich, also hob sie den Kopf und überspielte die Tatsache, dass diese Frau sie völlig einschüchterte mit einer festen Stimme und klaren, fordernden Worten: »Sie war mit meinem Onkel zusammen und jetzt ist er tot. Ich will ihr die Nachricht überbringen. Bringen Sie mich bitte zu ihr!«

Die Frau machte plötzlich ein entrücktes Gesicht. Dann zog sie ärgerlich die Augenbrauen zusammen, legte ihre Papiere beiseite und kam auf Hannah zu. »Was für

Geschichten denkst du dir da aus? Marion Karin war mit niemandem zusammen.«

Sie wusste nicht warum, aber ihre Worte verletzten sie. Sie fing fast an zu weinen. »Doch!«, rief sie. Sie knüllte vor Wut so sehr den Zettel in ihrer Hosentasche, dass sich ihre Fingernägel schmerzhaft in ihr Fleisch bohrten. »Sie waren zusammen! Sie haben sich geliebt. Sie können sie ja fragen! Sein Name war Marius.« Als sie seinen Namen mit dem Wort *war* aussprach, brach sie plötzlich in Tränen aus. Sie versuchte es zu verstecken, drehte sich rasch um und kramte in ihrem Rucksack nach einem Taschentuch. Einen Moment später spürte sie die Hand der Frau auf ihrer Schulter und fuhr zusammen.

Sie drehte Hannah zu sich um und kniete sich vor sie. »Ich weiß von Marius«, sagte sie sanft. »Es tut mir leid. Als du sagtest, sie waren zusammen, war ich nicht davon ausgegangen, dass du eine Internetbekanntschaft meinst.«

Hannah wischte sich die Tränen vom Gesicht. »Es war mehr als das.«

»Ja, da hast du wohl recht. Warte einen Moment. Wir fahren zusammen zu ihrem Haus.«

Sie wechselte noch ein paar Worte mit dem Galeristen und verließ dann mit Hannah die Galerie. Es war schon fast dunkel. Marions Agentin stellte sich Hannah mit dem Namen Mel vor, als sie in ihren Sportwagen einstiegen, was eine Kurzform von Melanie war.

»Bist du ganz allein hier?«, fragte sie während der Fahrt.

Hannah nickte.

»Wissen deine Eltern davon?«

Auf diese Frage erhielt sie keine Antwort. Hannah starrte aus dem Fenster und betrachtete sich die vorbeiziehenden Geschäfte.

»Hast du wenigstens eine Nachricht hinterlassen?«

Wieder keine Antwort.

»Dir ist doch hoffentlich klar, dass sie wahrscheinlich gerade wahnsinnig werden vor Angst um dich.«

Hannah ließ die letzten Momente, die sie mit ihrer Familie verbracht hatte, in ihren Gedanken Revue passieren. Ihre Eltern hatten sie angeschrien und ihr an den Kopf geworfen, sie sei wie Marius. Für sie war das natürlich ein Kompliment gewesen. Doch es war als eine Beleidigung gemeint. Sie verstanden sie einfach nicht. Sie hatten sie noch nie verstanden. Sie war nicht so, wie sie sie haben wollten. So normal, wie all die anderen 15-jährigen Mädchen. Und so wollte sie auch gar nicht sein. Sie wollte einfach nur sie selbst sein. Aber das passte ihnen nicht. Der Einzige, der sie so akzeptiert hatte, wie sie war, war Marius gewesen. Und insgeheim erhoffte sie sich von ihrer Reise, dass sie in Marion einen Menschen finden würde, der sie ebenso akzeptierte wie er.

»Ich will nur zu Marion«, gab sie Mel zur Antwort. »Nur zu Marion. Mehr will ich nicht.«

Mel sah sie mitfühlend an und seufzte. »In Ordnung. Ich bringe dich in ihrem Haus unter. Aber du wirst noch ein wenig Geduld haben müssen. Sie ist noch unterwegs.«

Hannah sah sie enttäuscht an. »Kannst du sie nicht anrufen?«

Mel lachte leise in sich hinein. »Ähm, nein, das geht nicht.

Sie ist auf einer Art... Trip. Künstler haben so ihre Eigenarten, weißt du?! Marion zum Beispiel malt ausschließlich auf dem Meer. Sie fährt mit ihrer Yacht raus und verbringt dort Wochen. Sie sagt, sie braucht das Meer um sich herum. Wenn sie dort die Augen schließt – jetzt lach nicht, das klingt ein bisschen verrückt – kann sie eine Stadt sehen. Diese Stadt malt sie seit Jahren. Es ist eine Fantasiestadt, mit wunderschönen Gebäuden und einem unglaublichen Panorama. Ich zeige dir ein paar Bilder davon, wenn wir da sind. Du wirst überwältigt sein! Sie nennt sie Lumenia.«

7

AUFBRUCH

»Das tust du doch jetzt nur meinetwegen, Niko«, jammerte Lucy. Sie hatte die ganze Nacht nicht geschlafen und stand mit dunklen Schatten unter den Augen und einem unglücklichen Gesicht neben ihm, während er seine Reisetasche packte.

Nachdem Nikolas den Reißverschluss wortlos zugezogen hatte, drehte er sich zu ihr um und umfasste ihre Schultern.

»Ich muss das aus verschiedenen Gründen tun, Lucy. Du bist keiner davon. Glaub mir.«

»Aber warum kannst du ihm dann nicht einfach sagen, wo sich das Mädchen aufhält und ihn allein dort hingehen lassen? Warum musst du dabei sein?«

»Denkst du, das würde er mir einfach so glauben? Ich kann ihm viel erzählen. Außerdem werde ich ein paar persönliche Sachen von ihr brauchen, um sie aufzuspüren. Ich muss mich mit ihr verbinden, damit ich sehen kann, was sie sieht, wo sie sich aufhält, welche Menschen sie um sich hat. Ich bin nicht gerade die beste Spürnase aus Lumenia, aber ich werde sie finden. Und dann komme ich zurück.«

»Versprichst du's?«

Er nahm sie in den Arm und gab ihr einen Kuss auf die

Wange. »Ich verspreche es.«

Sie fühlte sich so furchtbar. Wie konnte sie das nur von ihm verlangen, nach dem, was sie getan hatte? Dazu hatte sie kein Recht. Aber sie hatte auch nicht viel Zeit gehabt, mit ihm über die ganze Sache zu reden. Sie hatten fast den ganzen gestrigen Tag mit diesem Thomas verbracht. Er hatte ihnen ausführlich von den letzten Wochen berichtet und viel von Hannah erzählt, die offenbar einen Narren an Marius gefressen hatte. Es war Lucy ein Rätsel, wie sich ein 15-jähriges Mädchen bloß mit einem solchen Kerl abgegeben haben konnte. Selbst. wenn er ihr Onkel gewesen war, musste er doch furchteinflößend auf sie gewirkt haben. Sie wollte sich gar nicht vorstellen, was sie für ein Mädchen war. Womöglich war sie genauso wie er. Und solch eine Göre musste Nikolas jetzt finden. Wieso um alles in der Welt verschwand der Name Marius nicht endlich aus ihrem Leben? Er klebte an ihr wie ein Kaugummi, das man ihr in die Haare geschmiert hatte. Sie wurde ihn einfach nicht los.

Plötzlich hörten sie, wie jemand die Haustür öffnete und ihre Namen rief. Es war Alea. Sie klang streng und kühl. Lucy sah Nikolas erschrocken an. Doch er nahm einfach nur ihre Hand und verließ mit ihr das Schlafzimmer. Am Fuße der Treppe stand jedoch nicht nur Alea, sondern noch ein anderer weißer Gardist, den Lucy nicht kannte. Er hatte pechschwarzes Haar, war dunkelhäutig und wunderschön. Lucy starrte ihn mit offenem Mund an, wurde dann aber von Alea aus ihrer Bewunderung gerissen.

»Besprechung«, sagte sie nur. »Sofort.«

»Was ist passiert?«, fragte Nikolas, als er mit Lucy die

Stufen hinunter eilte.

»Ein weiteres Beben. Wir müssen etwas unternehmen. Und es muss schnell gehen. Quidea hat einen Plan. Aber ich schätze, er wird euch nicht gefallen.«

8

NOTFALLPLAN

Es war fast unerträglich heiß in Lumenia. Und Lucy spürte einen deutlichen Unterschied der Schwingung. Sie hob sie nicht mehr so rapide an wie sonst, sondern zog nur ganz leicht an ihrem Gemüt, machte sie ein wenig glücklich und ruhig. Es war kein Vergleich zu früher. Der Rausch, den sie von Lumenia gewöhnt war, sobald man dieses Land betrat, war nicht mehr da. Und diese Tatsache schien nicht nur sie zu schockieren, sondern auch Nikolas. Er lief so schnell mit ihr zum Gardezentrum, dass sie fast abhoben. Miriam und Hilar waren schon da. Sie warteten vor dem Büro des Königs und machten beide besorgte Gesichter.

»Es sieht übel aus«, sagte Hilar und verzog das Gesicht, als er Taros laute Stimme aus dem Büro hallen hörte. Er schien mit seinem Vater zu streiten. Lucy verstand jedoch nicht, was sie sagten. Sie sprachen eine fremde Sprache. Nikolas aber wusste offenbar genau, was da drin vor sich ging, denn er blieb abrupt stehen. Als Lucy ihn ansah, erkannte sie in seinem Gesicht dieselbe Wut wie in den letzten Wochen.

»Das kann er nicht erst meinen«, sagte er ungläubig und versuchte so ruhig zu klingen, wie es ihm möglich war. Doch in seinem Inneren kochte es. Das konnte Lucy deutlich spüren.

»Was?«, fragte Lucy ungeduldig. »Was ist denn?«

In diesem Moment öffnete sich die Tür des Büros und brachte Quidea zum Vorschein, der dastand, als sei alles in bester Ordnung. Er lächelte sie alle mit seinem väterlichen und gleichzeitig kindlich fröhlichen Lächeln an und bat sie freundlich herein. Alea und der andere weiße Gardist blieben an der Tür stehen, während sich Lucy und Miriam hinsetzten. Nikolas fixierte mit geballten Fäusten Taro, der mit verschränkten Armen am Fenster stand und mit seinen Blicken anscheinend die Fensterbank zu töten versuchte. Hilar blieb ebenfalls stehen und sah von einem zum anderen.

»Folgendes«, begann Quidea. »Taro hat mir von einer Idee erzählt, die Lucy hatte.«

Lucy sah sofort zu Taro, der im selben Moment verächtlich schnaubte.

»Es ist ein guter Plan, um die Angst der Lumenier zu beseitigen, die – wie wir alle wissen – die Hauptursache für diese Ereignisse ist. Die Menschen in Lumenia wissen nicht viel über eure Welt«, erklärte Quidea und sah dabei hauptsächlich Lucy und Miriam an. »Sie halten sich so gut es geht davon fern. Sie kennen die Missstände, die Katastrophen, die Krankheit und die degenerative Entwicklung und wollen selbstverständlich nichts damit zu tun haben und sich auch nicht sonderlich damit beschäftigen, um ihre eigene Schwingung nicht unnötig zu verunreinigen. Für sie ist eure Welt sprichwörtlich die Hölle. Der einzige Weg, sie vom Gegenteil zu überzeugen, um ihnen ihre Angst davor zu nehmen, ist eine direkte Konfrontation. Jemand, der sich als Repräsentant der Lumenier dieser Welt direkt gegenüberstellt und die positive Seite daran erkennt. Das Licht und das Göttliche, das immer noch da ist. Jemand, der überzeugend genug ist, diese Erfahrungen glaubhaft mit jedem Lumenier zu teilen.«

Plötzlich sah Quidea in Taros Richtung. Und mit einem Mal wurde Lucy klar, was los war.

»Taro?«, stieß sie entsetzt aus. Er war doch vermutlich der größte Gegner ihrer Welt. Derjenige, der sie am meisten hasste und verabscheute. Gerade *er* sollte die Lumenier davon überzeugen, dass diese Welt gar nicht so böse war, wie alle glaubten??

»Genau darum geht es, Lucy«, sagte Quidea mit ruhiger Stimme und ging gemächlich durch den Raum, während er sprach. »Jeder andere Lumenier wäre leichter davon zu überzeugen. Jedoch hätte dies keine große Wirkung auf unsere Bevölkerung. Taro hingegen«, er sah ihn wieder an und lächelte liebevoll, »ist schwer zu überzeugen. Jeder in diesem Land kennt seine Gefühle und Gedanken in Bezug auf die Gegenwelt. Wenn *er* es schafft, das Göttliche in dieser Welt zu erkennen, dann«, er nahm einen tiefen, selbstzufriedenen Atemzug, »wird es *jeder* Lumenier erkennen. Und ich meine jeden einzelnen, vom Kleinkind bis zum Ältesten. Sie haben alle Hochachtung vor dir, mein Sohn und tiefstes Vertrauen. Was du getan hast, hat sie nicht erschreckt. Im Gegenteil. Es hat sie beeindruckt, dass du ein solches Opfer auf dich genommen hättest, um...«, er hielt kurz inne und schluckte. Dabei sah er Taro mit einem bedeutungsvollen Blick an, den Taro ebenso bedeutungsvoll erwiderte. Lucy konnte weder hören noch spüren, was zwischen den beiden in diesem Moment vor sich ging. »...um unsere Welt zu retten«, führte er seinen Satz zu Ende.

Lucy ahnte, dass er vermutlich etwas Anderes gesagt hätte, wenn sie nicht dabei gewesen wäre. Diese Heimlichtuerei machte sie langsam wirklich wütend und sie fragte sich ernsthaft, was sie hier eigentlich sollte, wenn ihr niemand mehr etwas sagte. Nicht einmal Nikolas. Das Einzige, was sie immer wieder von ihm zu hören bekommen hatte, war »Vertrau mir!« Wie sollte sie das, wenn er unablässig Geheimnisse vor ihr hatte? Wie sollte sie ihm vertrauen, wenn er *ihr* nicht vertraute? Wenn er ihr nicht einmal hatte anvertrauen können, dass er für eine Weile verschwinden würde, um ein pubertierendes, kleines Mädchen zu finden. Er hatte ihr nicht einmal gesagt, was er in Bezug auf Taro gesehen hatte. Wenn er es ihr gesagt hätte, hätte sie in dieser Situation doch ganz anders reagiert. Warum war er nicht ehrlich mit ihr? Was war auf einmal los zwischen ihnen? Und zwischen ihr und dem Rest dieser Welt? Bis vor Kurzem waren sie noch alle so dankbar gewesen, dass sie ihrem Prinzen das Leben gerettet hatte. Und jetzt? Jetzt behandelten sie sie wie eine Außenstehende, der man nicht trauen konnte. Sie sahen sie alle an, doch keiner sagte etwas zu ihren Gedanken.

»Dennoch wird es nicht funktionieren«, entgegnete Taro

seinem Vater und ignorierte Lucys Gedanken ebenfalls. »Sie wird es nicht schaffen, mich zu überzeugen.«

Wen meinte er mit *sie*?, fragte sich Lucy und blickte sich um. Dann bemerkte sie, wie nicht nur Quideas Blick, sondern auch die Blicke aller anderen Lumenier in diesem Raum erneut auf ihr lagen. Doch es brauchte noch einen ewigen Moment, ehe sie begriff. Denn diese Vorstellung war einfach zu absurd.

»Ich??«, fragte sie erschrocken. *Sie* sollte ihn von der Göttlichkeit in ihrer Welt überzeugen? Sie konnte sie ja selbst nicht einmal erkennen.

»Ich weiß, dieser Plan gefällt euch nicht. Aber ich bitte euch, mir zu vertrauen. Taro wird in dieser Zeit bei Lucy und Nikolas wohnen und … ja, Lucy, ich weiß Bescheid.«

Gerade hatte sich Lucy mit Entsetzen gefragt, ob er die Probleme zwischen ihr, Nikolas und Taro in den letzten Wochen und ganz besonders am gestrigen Tag nicht mitbekommen hatte, da hatte er schon auf ihren Gedanken reagiert.

»Seht es als eine Möglichkeit an, das Ganze endlich zu klären. Taro wird nicht der Einzige sein, den ich hinüber schicke. Miriam?«

Miriam saß mit offen stehendem Mund und erschrockenem Blick auf ihrem Stuhl und sprang instinktiv auf, als sie ihren Namen hörte. Sie hatte alle Gedanken, die in den letzten Minuten durch diesen Raum gegangen waren, wahrgenommen und schien nun genauso entsetzt zu sein wie Lucy.

»Ich werde auch jemanden in deine Obhut geben und ich

bitte dich ganz besonders gut auf sie zu achten. Sie hat zwar jemanden zu ihrem Schutz bei sich, aber sie ist noch sehr jung und es ist untersagt, Kinder in eure Welt zu lassen. Aber in diesem besonderen Fall mache ich eine Ausnahme, denn sie ist eine der mächtigsten Lumenier und das absolute Gegenteil von Taro. Sie ist fasziniert von eurer Welt und wird vermutlich nichts Schlechtes daran finden können. Aber sie soll lernen, sie objektiv zu betrachten und als ein Gegenpol zu Taro mit ihrer Begeisterung auf die Lumenier wirken. Sie halten sehr viel von ihrer Meinung, da sie eine unglaublich stark ausgeprägte Gabe hat, in die Zukunft zu blicken. Vermutlich sieht sie sogar weiter in die Zukunft als ich«, erzählte er und lachte leise. »Sie soll diese Welt kennenlernen, mit allem, was dazu gehört und sich eine Meinung bilden. Diese wird sie dann mit den Lumeniern teilen. Habe ich dein Wort, dass du gut auf sie achtest?«

Miriam nickte energisch. »Ja, natür... selbstverständlich. Ja, das mache ich.« Sie war sichtlich nervös und streifte sich mehrmals das glatte Haar hinter's Ohr.

»In Ordnung«, sagte Quidea und rief ihren Namen: »Mika? Komm rein, Kleines.«

Die große Flügeltür des Büros schwang langsam auf, doch es kam zunächst kein menschliches Wesen zum Vorschein, sondern ein gewaltiges Tier mit einem schneeweißen Fell und riesigen Pfoten, das im ersten Moment fast wirkte wie ein Polarbär. Aber es war ein Hund. Ein riesiger Hund mit hellblauen, hypnotischen Augen. Er schritt mit seinem muskulösen Körper in den Raum und sah jede einzelne Person einen Moment an, bevor er sich entspannt auf den

Boden legte. Erst jetzt bemerkten Lucy und Miriam das kleine Mädchen, das neben ihm stand. Mika. Lucy erinnerte sich an sie. Sie war auf dem Tanz der Götter zur Ballkönigin gewählt worden. Nikolas hatte ihr damals erzählt, dass nur die mächtigsten Lumenier diesen Titel tragen durften und sie wusste noch, wie überrascht sie war, dass ein Kind, ein elfjähriges Mädchen ausgewählt worden war. Sie war sehr niedlich und für ihr Alter recht klein. Ihr dunkles Haar war zu zwei Zöpfen hochgesteckt und sie trug – schon passend auf ihre Reise vorbereitet – eine Jeans-Latzhose und ein T-Shirt. Hinter ihr stand eine große Reisetasche. Als Mika Miriam erblickte, winkte sie ihr mit einer solchen Fröhlichkeit zu, dass sofort die Anspannung in diesem Raum abflaute. Miriam winkte verstört zurück und musste lachen. Sie schien trotz dieser Situation völlig gelassen zu sein. Hatte sie gar keine Angst in diese verrückte Welt geschickt zu werden?

»Ich liebe eure Welt!«, gab sie Miriam zur Antwort. »Und ich kann's kaum erwarten, bei dir zu wohnen!« Als Mika Nikolas erblickte, winkte sie wieder fröhlich und sah fast ein bisschen verliebt aus.

Nikolas ging sofort zu ihr und hob sie hoch auf seinen Arm. »Na, du kleine Nervensäge«, sagte er neckend. »Hast du's endlich geschafft?«

Lucy hörte, wie sie ein paar Gedanken austauschten und erfuhr, dass es schon immer Mikas Traum gewesen war, die Gegenwelt zu bereisen. Mika kicherte stolz.

»In Ordnung. Alles weitere werden wir später besprechen. Macht euch erst einmal auf den Weg. Ach ja und noch etwas«, sprach Quidea, »es ist von äußerster Wichtigkeit, dass ihr – und ich meine euch alle – von nun an gut auf eure Gedanken und Gefühle aufpasst und euch an die Euphoria-Regeln haltet. Ich weiß nicht, wie weit die Energie in nächster Zeit noch bei euch ansteigen wird, aber es ist gut möglich, dass sie bald – wenn es so weiter geht, wie bisher – die Lumenische Schwingung erreicht. Und ihr wisst, was das bedeutet.« Er sah Lucy an und erinnerte sie in Gedanken an die Zeit, als der Lumenische Kristall in ihrem Körper gesteckt hatte. Und gleichzeitig ermahnte er sie auch, sich nicht zu sehr in ihre Trauer um die jüngsten Ereignisse hineinzusteigern. Das wäre fatal, dachte er ihr entgegen.

Lucy nickte etwas schwermütig und sah Taro an, der sich wohl mittlerweile dem Willen seines Vaters gefügt hatte. Er schritt durch den Raum, brummte ein »Ich geh' meine Sachen packen« und verschwand aus der Tür.

Als die Besprechung zu Ende war und Lucy und Nikolas wieder zu Hause waren, war es an der Zeit, sich zu verabschieden. Nikolas holte seine Tasche aus dem Schlafzimmer und stellte sie seufzend neben die Haustür.

»Weiß dein Vater eigentlich davon?«, fragte sie ihn und hielt ihn an seinem Hemd fest, als könne sie ihn so davon abhalten, zu gehen.

Er nickte. »Er weiß immer Bescheid. Über alles. Deswegen sollten wir seinen Plan auch nicht in Frage stellen. Er weiß, was er tut.«

Lucy hatte das Gefühl zu träumen. Das konnte einfach alles nicht wirklich passieren. Der Mann ihrer Träume war gerade dabei, sie zu verlassen, um mit einem Verrückten mitzugehen und seine verrückte Nichte zu finden. Und jeden Augenblick würde Taro hier herein schneien und ihr vermutlich in den nächsten Tagen das Leben zur Hölle machen. Und zu allem Überfluss musste sie jetzt auch noch glücklich sein, weil diese verrückte Welt gerade dabei war, sich in ein zweites Lumenia zu verwandeln. Ja, sie musste träumen. Und wahrscheinlich war das auch der Grund dafür, warum sie so gelassen dastand und nicht eine Träne vergoss, als Nikolas sie zum letzten Mal küsste.

»Bitte, komm wieder«, sagte sie, als sie in seinen Armen lag. »Und«, sie schluckte und sie hatte das Gefühl, es nicht zu verdienen, aber sie musste es einfach sagen, »verzeih mir.«

Er streichelte ihr über das Haar, drückte sie fest an sich und flüsterte ihr ins Ohr: »Das habe ich schon, bevor du es getan hast.«

8

mikas ankunft

»**O**h mein Gott! Was ist das??«, schrie Miriams Mutter panisch, als sie das riesige Tier sah, das seelenruhig neben Mika in der Küche saß. »Das ist ein Lumenischer Berghund«, klärte Mika sie mit sachlicher Stimme auf. »Das sind sehr weise Tiere. Er ist hier, um mich zu beschützen. Keine Angst. Er beißt nicht.«

Miriams Mutter starrte das Tier mit großen Augen an und ließ es auch nicht aus den Augen, als sie Miriam um Aufklärung bat. Ihre Tochter erklärte ihr kurz und knapp, was passiert war und teilte ihr mit, welche Aufgabe sie vom König zugeteilt bekommen hatte, wobei sie auf Mika deutete und stolz den Kopf hob. Sie war noch nicht dazu gekommen, es irgendjemandem zu zeigen, aber sie freute sich maßlos darüber, dass sie für dieses zauberhafte Land etwas tun konnte. Außerdem liebte sie Hunde.

»Du«, Miriams Mutter sah das Mädchen an und lächelte freundlich, »kommst aus Lumenia?«

Mika nickte, wobei ihre Zöpfe verspielt vor und zurück wippten.

»Und da«, jetzt deutete sie auf den riesigen Schädel des Hundes, »gibt es *solche* Hunde?«

Wieder nickte Mika. »Normalerweise kommen sie nicht einmal in die Nähe von Menschen. Sie leben in den Bergen. Sie kommen nur dann, wenn jemand Hilfe braucht. Dann bleiben sie eine Weile bei diesem Menschen, helfen ihm und verschwinden wieder.« Mika sah ihren Hund an und machte ein trauriges Gesicht. »Er wird mir bei dieser Aufgabe helfen und dann geht er zurück zu seinem Rudel.«

Miriam sah Mika mitfühlend an. Sie konnte es ihr nachfühlen, wie traurig es sie machte, dass sie sich bald wieder von ihrem Hund verabschieden musste. »Wie heißt er denn?«, fragte sie, um sie ein wenig abzulenken.

»Taro«, sagte Mika fröhlich.

Miriam verzog das Gesicht. »Taro??«

»Ja, er ist mein großes Vorbild! Er ist der stärkste und mächtigste Lumenier, den ich kenne und er ist immer sehr nett und hilfsbereit. Er ist mein bester Freund! Deswegen habe ich meinen Hund nach ihm benannt.«

Miriam sah sie groß an. »Aha«, machte sie und zuckte ein wenig zusammen, als sie oben eine Tür zuschlagen hörte. Maja kam gerade aus ihrem Zimmer gestürmt und lief so schnell die Stufen hinunter, dass sie fast über ihre Füße fiel. Dabei strahlte sie über das ganze Gesicht und wäre Mika fast vor Freude in die Arme gesprungen. Sie blieb jedoch direkt vor ihr stehen und gab ihr formell die Hand.

»Hallo«, sagte sie glücklich. »Ich heiße Maja.«

Miriam sah ihre Schwester skeptisch an. Sie erkannte es sofort, wenn sie unehrlich war oder schauspielerte. Und jetzt schauspielerte sie ganz gewaltig. Kannten sich die beiden etwa schon?

»Oh, ist das dein Hund? Ich mag Hunde.«

So talentiert wie sie im Tanzen auch war, Schauspielerin konnte sie nicht werden. Das tat ja fast weh! War sie nicht einmal über die gewaltige Größe dieses Hundes überrascht?

»Äh«, machte Miriam, »kennt ihr euch?«

»Nein!«, riefen sie beide gleichzeitig aus.

Im nächsten Moment fragte Maja das Mädchen schon, ob sie ihr ihr Zimmer zeigen soll und sie waren schon drauf und dran beide nach oben zu stürmen, da rief Miriam sie noch einmal zurück.

»Weißt du überhaupt, weshalb sie hier ist?«

Maja nickte. »Ich hab doch alles in deinen Gedanken mitbekommen. Sie soll diese Welt kennenlernen, um den Lumeniern die Angst zu nehmen. Und Taro ist hier, um auf sie aufzupassen.«

Miriam sah sie mit offenem Mund an. »Okaaay«, sagte sie etwas verwirrt. Nun, das erklärte zumindest ihre Begeisterung und Freude, als sie aus ihrem Zimmer gestürmt war. Und wahrscheinlich sah sie in Mika einfach eine Möglichkeit, mit jemandem aus Lumenia Freundschaft zu schließen. Mit jemandem in ihrem Alter. Im Grunde genommen verhielt sie sich endlich mal normal, was das Thema Lumenia anging. Dennoch hatte Miriam ein seltsames Gefühl im Bauch, das ihr riet, die beiden im Auge zu behalten.

Als die beiden Kinder und das Ungetüm hinauf stürmten und Majas Zimmertür zu schlug, fragte Miriams Mutter nach Hilar. Sie mochte ihn. Er brachte immer so viel Fröhlichkeit in die Familie.

»Er hat uns nur hergebracht und ist noch mal zurück, um ein paar Dinge zu klären. Und was die Fröhlichkeit angeht, da wird Mika wahrscheinlich noch einen drauf setzen. Ich glaube, sie ist fast noch begeisterungsfähiger als Maja.«

Ihre Mutter lächelte etwas beschämt. »Ich werde mich wohl nie daran gewöhnen, dass du meine Gedanken hören kannst«, sagte sie und lachte verlegen.

Miriam lachte ebenfalls. »Das wirst du auch bald können, wenn das mit der Energie hier so weitergeht, Mama.«

Das Lachen, Gackern und Kichern, das aus dem Kinderzimmer oben kam, klang, als würden sich die beiden Mädchen schon ewig kennen, was Miriam anscheinend viel mehr verwirrte als ihre Mutter.

»Und wie willst du das jetzt machen?«, fragte sie ihre Tochter besorgt. »Du kannst sie doch nicht mit zur Arbeit nehmen. Und zur Schule können wir sie nicht schicken. Ich schätze, die Schulen sind hier ein bisschen anders als in Lumenia.«

Miriam wusste nicht, warum ihr das gerade jetzt einfiel, aber sie war unendlich dankbar, dass ihre Familie ihr diese ganze Lumenia-Geschichte überhaupt abkaufte und sich nicht so sehr dagegen sträubte wie Lucys Eltern. Sie wollte sich gar nicht ausmalen, wie viel schwerer es sein würde, wenn sie die Lumenier ebenfalls für Scharlatane hielten. Und auch, wenn ihre älteren Schwestern noch etwas skeptisch waren, waren sie zumindest fasziniert von Hilar und wagten es nie, seine Worte anzuzweifeln. Sie hatten alle einen Narren an ihm gefressen. Vielleicht lag es mitunter daran, dass er sie so selbstlos gerettet hatte, als Taro drauf und dran gewesen war, die Welt ins Chaos zu stürzen. Aber vielleicht lag es auch einfach an seinem Charisma. Hilar hatte ein unglaubliches Talent, jemanden mitzureißen oder von irgendetwas zu überzeugen. Vielleicht hätte der König von Lumenia besser ihn auswählen sollen, um die Lumenier von der Göttlichkeit dieser Welt zu überzeugen. Dann hätte es Lucy jetzt nicht so schwer.

»Ich werde mir irgendetwas einfallen lassen«, sagte Miriam nun nachdenklich. Sie wusste zwar noch nicht, wie sie es anstellen sollte, der kleinen Mika diese Welt zu zeigen, aber irgendwie würde sie es schon hinbekommen. Hilar würde ihr dabei bestimmt helfen. »Lucy hat es viel schlimmer getroffen«, fügte sie noch besorgt hinzu. »Glaub mir.«

9

TAROS ANKUNFT

Das war der schlimmste Tag ihres Lebens. Der Tag, an dem sie von Marius entführt worden war, war nichts dagegen. Nikolas war weg und in ihrem Wohnzimmer lief der Teufel auf und ab.

»Es reicht!«, schnauzte er sie an.

Sie stritten schon seit einer Stunde. Seit Nikolas die Tür hinter sich zugezogen hatte und mit Thomas weggefahren war.

»Aber du *bist* der Teufel!«, verteidigte sie ihren Gedanken.

»Teufel tun so etwas! Sie verführen und machen alles kaputt!«

»Vergiss nicht, dass zu einer Verführung *zwei* gehören! Ein Verführer und einer, der sich verführen *lässt*! Du hättest dich wehren können!«

»Ha!«, stieß Lucy verärgert aus. »Wer weiß, ob du mich nicht manipuliert hast.«

Taro sah aus, als würde er gleich explodieren. »Als ob das bei dir noch möglich wäre! Die Tatsache zu leugnen, dass du mich liebst, hilft uns jetzt nicht weiter.«

Lucy schnappte empört nach Luft, wusste aber nicht mehr, was sie dazu sagen sollte.

»Konzentriere dich lieber auf deine Aufgabe. Überzeuge mich. Dann haben wir's hinter uns.«

Jetzt platzte Lucy fast der Kragen. Sie schmiss ihr Handy auf den Tisch, das immer noch keine Nachricht von Nikolas aufwies und ballte die Hände zu Fäusten. »Geht's dir noch gut? Das ist ja wohl nicht nur meine Aufgabe. Auch da gehören zwei zu. Einer, der überzeugt und einer, der sich überzeugen *lässt*. Ich habe doch überhaupt keine Chance bei dir! Du machst doch total dicht und lässt etwas Positives gar nicht an dich heran. Dabei geht es hier um *dein* Land!«

Taro sah sie stumm an und senkte dann seufzend den Kopf. Er wirkte erschöpft, was angesichts der Tatsache, dass sie sich seit einer Stunde nur anschrien, kein Wunder war.

»In Ordnung«, seufzte er resignierend und hielt sich die Finger an die Schläfe. »Versuch's einfach. Ich mache mit.«

Lucy war völlig erledigt und ließ sich erst einmal auf die Couch fallen. Sie hatte keine Idee, wie sie diese Aufgabe bewältigen sollte. Wie sollte sie ihn von der Göttlichkeit der Menschen in dieser Welt überzeugen? Sollte sie ihm gute Taten zeigen? Wo fand man diese? In den Nachrichten bestimmt nicht. Die ließ sie besser aus. Vielleicht sollte sie das Internet durchstöbern. Auf jeden Fall brauchte sie erst einmal einen Plan. Und zwar einen guten. Doch im Moment war in ihrem Kopf nichts als Leere. Sie war todmüde.

»Leg dich hin«, sagte Taro plötzlich ganz sanft. »Ich weiß, dass du heute Nacht nicht geschlafen hast. Wir reden später darüber, in Ordnung?«

Sie sah ihn skeptisch an und runzelte die Stirn. Sollte sie ihn wirklich allein lassen? Was, wenn er auf dumme Ideen kam? Was, wenn er ihr heimlich einen Besuch im Schlafzimmer abstattete?

Jetzt lachte er wieder so süß, dass ihr das Herz schmolz. »Ich stelle schon nichts an«, sagte er amüsiert. »Geh schon. Vertrau mir.« Dann zwinkerte er ihr zu und ging demonstrativ zum Bücherregal, um ihr zu zeigen, dass er sich schon irgendwie beschäftigen würde.

»Aber stöbere nicht in meinen privaten Sachen!«, mahnte sie.

Taro seufzte entnervt. »Als hätte ich das nötig, Lucy.« Er erinnerte sie in Gedanken daran, dass er emotional mit ihr verbunden war und sowieso alles mitbekam, was sie fühlte und dachte, wobei sie rot anlief, sich ihr Handy schnappte und nach oben eilte.

Sie hörte ihn noch leise lachen, bevor sie die Schlafzimmertür hinter sich zuzog und abschloss. Es nützte wahrscheinlich nichts. Wenn er wollte, konnte er die Tür zu Staub zerfallen lassen. Aber sie fühlte sich trotzdem sicherer so. Dabei waren es nicht seine Handlungen, die sie fürchtete. Sondern ihre Reaktionen darauf. Als sie im Bett lag, schrieb sie Nikolas eine Nachricht. *Ich vermisse dich*, tippte sie in das Handy. Doch, bevor sie die Nachricht abschicken konnte, kam schon eine Nachricht von ihm an.

Ich vermisse dich auch, stand da. *Denke an Euphoria.*

Sie hielt sich das Handy an ihr Herz, kuschelte sich in ihr Kopfkissen und atmete ein paar Mal tief durch. Dann versuchte sie, diese Situation mit all ihren Umständen und mit allen Gefühlen und Gedanken vollständig zu akzeptieren. Sie wollte ihn nicht enttäuschen und alles richtig machen. Also konzentrierte sie sich endlich wieder auf das Euphoria-Spiel. Es blieb ihr ja nichts Anderes übrig. Die Energie in ihrer Welt schien immer weiter anzusteigen und sie wollte sich nicht versehentlich etwas Dummes erschaffen. Und auch, wenn es sie langsam wirklich nervte, dass sie immer zum Spielen gezwungen war und bisher kaum Gelegenheit gehabt hatte, *freiwillig* Euphoria zu spielen, übte sie sich jetzt in der vollständigen Akzeptanz. Sie ging alles durch. Jeden verrückten Moment der letzten Tage, jedes Gefühl und auch alle Gedanken. Selbst diejenigen, die sie sich verbot. Alles akzeptierte sie und löste jeden Kampf in sich auf. Sie hatte auch keine Kraft mehr zu kämpfen. Und es nützte ja auch nichts. Das wusste sie. Als sie nach einer Weile alles angenommen hatte und keinen Widerstand mehr in sich spürte, wurde sie auf einmal ganz ruhig. Eine angenehme Entspannung machte sich in ihr breit. Im selben Moment spürte sie ein leises Glücksgefühl. Eine Leichtigkeit, die sich so gut anfühlte, dass sie immer schläfriger wurde. Sie murmelte noch ein »Danke« und schickte Nikolas diesen Gedanken, bevor sie in einen traumlosen, erholsamen Schlaf hinab sank.

9

suche

Thomas war ein Mann mittleren Alters, mit schütterem, glanzlosem Haar und fahler, faltiger Haut. Die Sorgen schienen ihm zusätzlich tiefe Kerben in seine Stirn geprägt zu haben und die Falten um seinen Mund herum ließen ihn verhärmt und verbittert erscheinen. Seine Kleidung roch, ebenso wie der Innenraum seines Wagens, nach Tabak, weshalb Nikolas auf seiner Seite ein wenig das Fenster offen ließ. Er versuchte, sich während der Fahrt auf Thomas' Nichte zu konzentrieren, die – nach dem Foto zu urteilen – mitten in der Pubertät steckte. Ihre ganze Aufmachung, ebenso wie die Pose, in der sie dastand, schrien geradezu nach Protest, was ihre Familie wohl schon einige Nerven gekostet hatte. Jedoch sah Nikolas mehr als die äußere Hülle dieses Mädchens. In ihren Augen erkannte er einen Schmerz, der ihm wohlbekannt war. Es war derselbe Weltschmerz, der immer schon in Taro zu spüren und auch zu sehen gewesen war. Der Kummer und das Unverständnis über diese grausame Welt schwappten ihm aus diesem Foto geradezu entgegen. Er spürte, dass sie arge Probleme damit hatte, sich in dieser Welt zurechtzufinden, in der es so viel Leid, Hass und Kälte gab.

»Hat sie mit euch über ihre Probleme gesprochen?«, fragte Nikolas und streckte seinen Arm nach hinten, um auf der Rückbank in dem Karton nach weiteren brauchbaren Materialien zu wühlen.

Thomas wandte sich ihm überrascht zu. »Probleme? Sie hat keine Probleme. Sie ist ein gutes Mädchen.«

Nikolas seufzte. »Gut zu sein heißt also für dich, keine Probleme zu haben?«, konterte er und sah ihn durchdringend an.

Thomas biss die Zähne zusammen. »Hey, du sollst sie einfach nur finden, Junge! Ich brauche keinen Erziehungsunterricht von dir.«

Er war bereits die ganze Nacht gefahren und hatte im Auto nicht rauchen dürfen, weshalb Nikolas etwas Nachsicht mit ihm hatte und sich einen weiteren Kommentar verkniff. Er wusste auch so, dass die Familie des Mädchens nicht gerade zu der verständnisvollsten gehörte und Probleme am liebsten ignorierte. Das erkannte er nicht nur an Thomas' Gedanken, sondern spürte es bis ins Mark.

»Manchmal«, sagte Thomas plötzlich »hat sie darüber geredet, ja. Sie kommt mit der Welt nicht gut klar, weißt du?!«

»Ja«, bestätigte Nikolas. »Ich weiß.«

Thomas sah ihn wieder an. »Du kannst das wirklich alles sehen? Marius hat also recht gehabt, mit dem, was er in dieses Tagebuch geschrieben hat.«

Nikolas entdeckte in dem Stapel mit Unterlagen, Briefen, gebastelten Postkarten und Fotos nun ein Bild, auf dem

Hannah gemeinsam mit Marius zu sehen war, weshalb er seine Worte kaum hörte. In ihm kamen erneut Schuldgefühle hoch, die er sofort versuchte zu akzeptieren. Aber es fiel ihm sehr schwer.

»Sie hat es nicht verkraftet«, teilte Thomas mit und deutete mit einem Finger auf das Bild. »Sie hält diese Welt sowieso schon nicht aus und dann kam auch noch Marius' Tod. Ich glaube, das hat ihr den Rest gegeben.«

Nikolas nahm einen tiefen Atemzug und sah aus dem Fenster. Er sah Bilder, wie Hannah mit Marius in seinem Büro gesessen und lange Gespräche mit ihm geführt hatte. Er war ihre einzige Bezugsperson gewesen. Der einzige Mensch, dem sie sich wirklich anvertraut hatte und der sie nicht wegen ihrer Probleme verurteilt hatte. Im Gegenteil. Gerade Marius hatte vollstes Verständnis für ihre Gefühle gehabt. Denn seine Gefühle waren ähnlich gewesen. Sie waren beide unverstandene Wesen. Voller Abscheu und Wut gegen diese Welt und die Menschen, die auf ihr lebten. Er hatte ihr diesen einzigen Halt in ihrem Leben weggenommen. Und er hatte es in dem Moment gespürt, in dem er Marius gegen die Betondecke dieses Gebäudes geschmettert hatte. Das unbestimmte Wissen, was er damit anrichtete, hatte sich wie ein giftiger Pfeil in sein Bewusstsein gebohrt und ihn seit dem nicht mehr losgelassen. Er hatte Hannahs Kummer schon lange gespürt bevor Thomas aufgetaucht war.

»Hey«, sagte Thomas nun und stieß Nikolas mit dem Ellenbogen in die Seite, »ich kann's verstehen, hörst du? Marius konnte ein Mistkerl sein und ich kann mir durchaus vorstellen, dass er dir das Leben zur Hölle gemacht hat. Er wollte etwas von dir. Und er wusste, dass du ihn dafür töten würdest.«

Nikolas sah ihn stirnrunzelnd an. Bedeutete ihm sein Bruder gar nichts? Trauerte er überhaupt? Doch im nächsten Moment nahm er seine Abneigung gegen Marius wahr und verstand. Er hatte kaum ein Verhältnis zu ihm gehabt. Sein Hass und seine Wut waren ihm gehörig auf die Nerven gegangen und er hatte nicht selten Lust gehabt, ihn aus der Familie zu verbannen – wenn es ihm möglich gewesen wäre. Er hatte oft die Vermutung gehegt, Marius würde seine Nichte mit seinem Hass anstecken und es war deshalb oft zu Streitereien gekommen. Nichtsdestotrotz hatte er ihn aber als seinen Bruder akzeptiert und eingebunden. Aber erst in den letzten Wochen hatte sich auch ein wenig Verständnis für ihn in sein Bewusstsein geschlichen. Seit er dieses Tagebuch gefunden hatte.

»Was war es?«, fragte Thomas jetzt neugierig. »Was wollte er von dir?«

Nikolas schob das Foto unter den Stapel und seufzte. »Einen Kristall.«

Thomas machte erst ein erstauntes Gesicht und fing dann plötzlich an zu lachen. »Der Gauner! Immer auf der Jagd nach schnellem Geld. Ist er wertvoll?«

Nikolas sah ihn mit einem warnenden Gesichtsausdruck an, wobei Thomas sofort wieder ernst wurde und auf die Straße blickte. Seine Gedanken gefielen ihm nicht. Sie waren geprägt von Habsucht und Geldgier. Was er Marius vorwarf, war nur ein Spiegel seiner selbst.

»Wir sollten eine Pause einlegen und etwas schlafen«, schlug Nikolas vor und legte die Unterlagen wieder zurück in den Karton.

Thomas nickte. »Wie geht es dann weiter?«

Bisher hatte Nikolas kein bestimmtes Ziel angegeben. Er wusste immer noch nicht, wo sich Hannah aufhielt. Er sah viele Menschen um sie herum, viele Gebäude. Sie hatte oft in Bussen und Zügen gesessen und war große Strecken gelaufen. In seinem Bewusstsein strömten Bilder ihrer gesamten Reise über ihn herein und er musste sie erst sortieren, um herauszufinden, welche der Vergangenheit angehörten und welche der Gegenwart. Er konnte nur mit Bestimmtheit sagen, dass sie weit in den Süden gefahren war. Und dass es ihr gut ging, was Thomas sehr beruhigt hatte.

»Weiter in den Süden«, sagte Nikolas nur. »Ich brauche noch etwas Zeit, um Genaueres herauszufinden.« Es war schwer, sich mit jemandem zu verbinden, den er nicht kannte. Er hatte keinen persönlichen Bezug zu ihr, hatte sie nie gesehen. Alles, was er hatte, waren ein paar Fotos und selbstgebastelte Armbänder von ihr. Plötzlich fiel ihm etwas ein. »Hat sie ein E-Mail Konto?«, fragte er.

Thomas nickte. »Alles schon gecheckt. Keine Hinweise. Sie hat sich oft mit Marius geschrieben. Freunde hat sie kaum.«

»Irgendetwas in Marius' E-Mails?«

Thomas machte ein schnaubendes Geräusch. »Da kommt keiner 'ran«, sagte er mit einer leichten Bewunderung in seiner Stimme. »Das Postfach ist so gesichert, da kommen nicht einmal die Hacker von der Polizei rein.«

Nikolas sah ihn an und sagte nur: »Internetcafé.«
Passwörter waren kein Hindernis für ihn. Und er hatte das
Gefühl, dass er dort etwas Wichtiges finden würde.
Während Thomas nach einem Internetcafé Ausschau hielt,
dachte Nikolas an Lucy. Es war so ungewohnt für ihn, von
ihr getrennt zu sein, ihr Lachen nicht zu hören und ihre
Blicke nicht zu spüren. Er berührte seinen Verlobungsring
und hoffte, dass er zu ihr zurückkehren würde. Doch er war
sich nicht sicher. Es lag an ihr. Daran, was nun zwischen ihr
und Taro geschehen würde. Er wusste, dass sie sich liebten
und er konnte es verstehen. Wer würde Lucy nicht lieben
können? Und Taro ... Er war trotz seiner brutalen Ader ein
herzensguter Mensch, der – wie er bewiesen hatte – für die
Menschen, die er liebt, sterben würde. Außerdem hatten die
beiden viel gemeinsam, was Lucy noch nicht wahrhaben
wollte, aber bald erkennen würde. Er sah es bereits kommen.
Sie mussten diese Zeit miteinander verbringen, um sich über
ihre Gefühle und ihr Verhältnis zueinander klar zu werden.
Und um das auszuleben, was ausgelebt werden musste,
bevor sie heirateten. Wenn es dazu kommen würde. Doch
egal wie sie sich entschied, er schwor sich, es zu akzeptieren.
Er liebte sie. Und er wollte, dass sie glücklich war. Ob dies
nun mit ihm geschah oder mit Taro.

10

Leid

Warum tat sie das? Wieso saß sie in diesem Klassenzimmer und hörte sich Dinge an, die sie überhaupt nicht mehr interessierten? Lucy sah die Lehrerin an, die mit Begeisterung und Elan einige neue Unterlagen für den Unterricht verteilte und konnte nicht glauben, dass sie das freiwillig mitmachte. Was war los mit ihr? Heilpraktikerin war doch ihr Traumberuf gewesen. Oder nicht? Doch jetzt sah sie die Themen auf den Unterlagen an, als seien sie etwas, das sie sich gezwungenermaßen reinquälen musste. Sie fühlte sich gerade wie früher in der Schule, als die Chemielehrerin den Schülern das Periodensystem hatte einhämmern wollen. Sie passte auch schon seit Wochen nicht mehr im Unterricht auf. Er war ihr quasi egal.

Hatte sie gerade ihren Namen gehört? Sie sah auf und blickte direkt ihrer Lehrerin ins Gesicht. Offenbar hatte sie ihr eine Frage gestellt und schmunzelte nun amüsiert über Lucys überraschtes Gesicht. Zum Glück lief dieser Unterricht lockerer ab als in ihrer Kindheit. Damals hätte sie eine Standpauke zu hören bekommen. Doch jetzt ließ die

Lehrerin gleich wieder von ihr ab und befragte eine andere Schülerin.

Der Unterricht dauerte nicht mehr lange. Lucy musste nur noch eine viertel Stunde aushalten und dann durfte sie schon nach Hause gehen. *Durfte,* dachte Lucy und packte schon mal ein paar Sachen ein. Als würde sie das hier nicht freiwillig tun. Sie hatte doch schon die volle Summe für die Ausbildung bezahlt. Wie kam sie jetzt auf den Gedanken, sie nicht mehr zu wollen? Sie war ihr geradezu zuwider. Aber vielleicht war ihr auch gerade alles zuwider, was sie tat. Weil sie sich momentan einfach nicht ausstehen konnte.

Als die Stunde vorbei war, öffnete jemand die Tür des Klassenzimmers und kam herein. Sofort erklang ein Raunen in Lucys Kopf. Ihre Klassenkameradinnen versanken in endloser Bewunderung für den Kerl, der da gerade herein kam und dachten an Dinge, die Lucy vor Scham erröten ließen. Sie brauchte gar nicht aufzusehen. Sie hatte ihn schon vor fünf Minuten gespürt, als er ins Gebäude spaziert war. Als er jedoch seine Hände auf ihrem Tisch aufstützte, hob sie den Kopf und blickte ihm in die schokoladenbraunen Augen.

Ist das ihr neuer Freund? Was ist mit Nikolas? … Haben sie Schluss gemacht? … Der sieht ja unglaublich aus! … Wie süß er sie anlächelt! … Wo findet die solche Kerle immer? … Geht sie fremd?

Lucy hätte am liebsten auf den Tisch geschlagen, damit sie endlich ruhig waren. Als sie aber Taros Stimme hörten, verstummten sie plötzlich und lauschten neugierig dem Gespräch.

»Soll ich das für dich beenden?«

Lucy machte ein fragendes Gesicht. »Wie bitte?«

»Du weißt, dass ich das kann. Du musst nur sagen«, er verstellte seine Stimme, so dass sie jetzt viel höher klang, »bitte, Taro, lösche alle meine Daten und mach, dass sie mich vergessen und mir mein Geld zurückzahlen.« Dabei grinste er sie breit an.

Lucy machte ein zischelndes Geräusch, sprang von ihrem Stuhl auf und riss Taro am Arm aus dem Klassenzimmer.

»Bist du verrückt? Das kannst du doch nicht vor allen Leuten so heraus posaunen!«

Taro lachte. Er war scheinbar sehr gut aufgelegt. »Okay«, kicherte er und hob beschwichtigend die Hände, »dann beende du es, wenn dir meine Methode nicht gefällt.«

»Ich weiß gar nicht, ob ich es beenden *will*«, entgegnete Lucy und ging mit ihm durch den Korridor.

»Doch, das willst du. Du willst es nur nicht wahrhaben, dass du diese Ausbildung aus vielen verschiedenen Gründen begonnen hast. Nur nicht, weil du sie *wolltest*.«

Sie wollte ihn gerade mit ihrer zickigen Stimme, die sie sich speziell für Taro antrainiert hatte, fragen, woher er das wissen wollte, doch er kam ihr zuvor.

»Weil ich immer weiß, was in dir vorgeht, Lucy. Wahrscheinlich besser als du selbst. Gib es zu! Diese Ausbildung war keine Entscheidung aus dem Herzen, oder?«

Sie sah ihn stumm an, doch sie schickte ihm in Gedanken ein klares *Nein*. Aber warum wurde ihr das erst jetzt klar? Warum gerade jetzt, wo doch sowieso schon so viele

Probleme auf ihr lasteten? Jetzt schmiss sie auch noch ihre Ausbildung, die sie sich schon ihr ganzes Leben lang gewünscht hatte. Sie konnte sich immer weniger leiden.

Taro seufzte. »Ist dir schon aufgefallen, was in deiner Welt vor sich geht, Süße?«

»Hör auf, mich Süße zu nennen«, grummelte sie erneut.

»Na schön«, stöhnte er und schirmte mit seiner Hand die Sonne ein wenig ab, die ihm ins Gesicht schien, als sie aus dem Gebäude kamen. »Die Energie in dieser Welt steigt jeden Tag. Und du weißt, was passiert, wenn man seine Schwingung immer weiter anhebt. Es gab eine Zeit, da hast du pausenlos Euphoria gespielt und die Auswirkungen gespürt. Du warst glücklicher. Aber es kam auch alter Müll in dir hoch, der aufgelöst werden musste, weil er deinem Glück im Weg war. Dasselbe passiert jetzt wieder. Ausgelöst durch die steigende Energie in dieser Welt – die du dank deiner Empathie wahrscheinlich deutlicher spüren kannst als jeder andere hier. Alles, was deinem Glück im Weg ist, wird dir vor Augen geführt, damit du es auflösen kannst. Also löse es auch auf.«

Lucy ging stumm neben ihm her und dachte über seine Worte nach. War es wirklich so? Bekam sie einfach nur den Energieanstieg zu spüren und wurde nun mit Dingen konfrontiert, die aufgelöst werden mussten, damit sie glücklich sein konnte? »Ich hatte immer geglaubt, dass mich diese Ausbildung glücklich machen würde«, dachte sie laut.

»Du wolltest sie machen, um dich zu heilen. Die Gesundheit hätte dich glücklich gemacht. Nicht der Beruf. Damals bist du noch sehr krank gewesen, Lucy. Und als du nicht mehr krank gewesen bist und diese Ausbildung nicht mehr gebraucht hättest, wolltest du diesen Beruf ausüben, um *andere* zu heilen. Du wolltest ihn nie für dich, weil er dich glücklich gemacht hätte. Und ich denke, deine Familiengeschichte spielt da auch eine Rolle. Du willst, dass deine Eltern stolz auf dich sind, willst endlich einen Beruf haben, anerkannt werden, Geld verdienen, normal sein…« Er sah sie wissend an und grinste schief. »Soll ich weiter machen?«

Sie war schockiert darüber, wie viel er über sie wusste und wie gut er sie kannte. Er wusste Dinge über sie, die ihr selbst nicht einmal vollends bewusst waren. Dass sie gern anerkannt werden wollte, war ein tief sitzender Wunsch in ihr, den sie seit ihrer Kindheit hegte. Sie war noch nie für etwas anerkannt oder gar bewundert worden. Sie war ja immer krank gewesen und hatte nie irgendwelche großen Leistungen vollbringen können. Diese Ausbildung war für sie die erste Möglichkeit in ihrem Leben gewesen, für etwas anerkannt zu werden. Und vielleicht sogar bewundert. Zumindest wären ihre Eltern stolz auf sie gewesen, denn damit hätte sie den Teufelskreis der Armut in ihrer Familie durchbrochen und hätte etwas Besonderes dargestellt. Aber Taro hatte recht. Ihr Wunsch war nicht aus ihrem Herzen gekommen. Sondern aus ihrem Ego. Aus ihrem Wunsch nach Anerkennung und Bewunderung.

»Vielen Menschen wird es jetzt so gehen wie dir, Lucy«, sagte Taro und ging mit ihr eine Straße entlang, die zu einem Marktplatz führte. »Durch die hohe Schwingung bricht die Wahrheit ans Tageslicht. Die Menschen können sich nicht mehr selbst belügen, weil das Herz stärker wird. Dinge, die sie vorher voller Selbstverständlichkeit getan haben, werden plötzlich unerträglich, weil sie erkennen, dass diese Dinge nicht ihrem Wesenskern entsprechen. Ihrer Göttlichkeit.« Bei diesem Wort verstummte er plötzlich und sah sich nachdenklich um. Er beobachtete die Menschen, wie sie in den Geschäften ihrer Arbeit nachgingen und Lucy spürte, dass er Mitleid mit ihnen empfand. Irgendwo tief in ihm wusste er also doch, dass die Menschen in dieser Welt immer noch Götter waren. Auch, wenn er es nicht wahrhaben wollte.

»Woher weiß man, was seinem Wesenskern entspricht?«, fragte sie ihn.

Jetzt blieb er stehen, drehte sich zu ihr um, nahm ihre Hand und legte sie auf seine Brust. »Dein Herz sagt es dir«, flüsterte er gefühlvoll.

Sie wusste nicht, wie sie je mit dieser Seite von Taro zurechtkommen sollte. So kalt wie er früher gewesen war, so warm zeigte er sich nun. Er war das absolute Gegenteil seines früheren Ichs. Und doch wusste sie, dass dieser kühle, wütende Taro noch in ihm steckte und dass er herausbrechen konnte wie eine Naturgewalt. Und dazu brauchte es nur eine kleine Situation, einen kleinen dummen Moment, ein falsches Verhalten eines Menschen. Lucy hoffte, dass es dazu nicht kommen würde. Sie musste ihn von der Göttlichkeit in den Menschen überzeugen. Eine solche Situation wäre fatal für diese Aufgabe. Aber von seinem alten Ich war im Moment nichts mehr zu sehen. Er war so sanftmütig und liebevoll und so offen und ehrlich. Er machte kein Geheimnis aus seinen Gefühlen und zeigte sie ihr so direkt, dass es ihr immer unangenehmer wurde, in seiner Nähe zu sein. Doch nicht, weil ihr seine liebevolle Art nicht gefiel, sondern weil sie so gern darauf eingegangen wäre. Sie wollte ihm auch zeigen, was sie für ihn empfand. Doch, wenn sie das tat, würde sie alles kaputtmachen und sich für den Rest ihres Lebens hassen.

Sie zog ihre Hand weg und ging einfach weiter. »Was, wenn man nicht hört, was das Herz sagt?«, fragte sie, um von den Gefühlen abzulenken, die ihr aus seinem Herzen entgegen strömten.

Er ging ihr nach und lachte. »Du hörst immer, was dein Herz sagt. Nur manchmal funkt der Verstand dazwischen. Nicht wahr?« Dabei sah er sie bedeutsam an und lächelte.

Lucy schnaubte und wich seinem Blick aus. »Also, wenn ich mein Herz nach einem Traumberuf frage, sagt es mir gar nichts.«

»Weil du mit dem Kopf fragst, Süße. Oh, entschuldige.« Er grinste frech und fuhr dann fort. »Du musst deinen Leidenschaften folgen, Lucy. Den Dingen, die dich vor Glück die Zeit vergessen lassen. Dinge, für die du eine solche Leidenschaft empfindest, dass du nicht aufhören kannst, sie zu tun.«

Lucy dachte nach. Hatte sie überhaupt irgendwelche Leidenschaften? Sie hatte sich nie für irgendetwas interessiert, außer gesund zu werden. Das war immer ihr Ziel gewesen. Und als dieses Ziel weggefallen war, weil sie sich geheilt hatte, war auch ihr Wunsch nach ihrem vermeintlichen Traumberuf weggefallen. Vermutlich hatte sie nur weiter gemacht, weil sie ahnte, wie leer sich ihr Leben ohne ein Ziel anfühlen würde. Denn genau das spürte sie jetzt. Eine Leere. Sie fühlte sich verloren, so ganz ohne Ziel ohne zu wissen, wo sie in ihrem Leben hin wollte. Taro sah sie überrascht und sehr neugierig an. Sie konnte fühlen, dass ihm solche Gedankengänge völlig unbekannt waren, denn er hatte sich in seinem Leben wohl nie verloren oder leer gefühlt.

»Nein«, sagte er nachdenklich. »Weil ich immer erfüllt von meinen Leidenschaften war.« Er konnte kaum fassen, dass es in Lucys Leben bisher keine Leidenschaften gegeben hatte. Doch in diesem Moment fiel ihm Nikolas ein. »Du erinnerst dich doch an Nikolas' Entführung. Als du ihn hattest retten wollen.«

Lucy nickte und hatte sofort die Bilder in ihrem Kopf, als sie ohne Führerschein mit dem Auto über die Landstraßen gerast war und versucht hatte, mit ihren Gedanken zu ihm vorzudringen.

»Was hast du da gefühlt?«

Lucy überlegte kurz. »Angst. Ich hatte Angst um ihn.«

»Und nachdem Alea dich aufgefordert hat, die Angst zu akzeptieren und sie sich daraufhin aufgelöst hat?«

Sie war überrascht, dass er das überhaupt alles wusste. Hatte er daneben gestanden und sie dabei beobachtet?

»Du hast Leidenschaft gefühlt, oder? Es hätte dich nichts aufhalten können. Du warst so erfüllt von dem Gedanken, den Mann, den du liebst, zu retten, dass er jede Zelle deines Körpers elektrisiert hat. Es gab keine Zweifel in dir und auch keinen Wunsch, sondern einzig und allein nur Leidenschaft.

Und Liebe. Für ihn und für den Gedanken, ihn in Sicherheit zu sehen. Du bist darin so sehr aufgegangen, dass deine Schwingung rapide angestiegen ist und du es geschafft hast, mit deinen Gedanken zu ihm vorzudringen. Nicht einmal Alea hat das damals geschafft. Du erinnerst dich?«

Lucy nickte erstaunt. Er hatte recht! Sie war so erfüllt von Leidenschaft und Liebe gewesen, dass sie kaum noch etwas Anderes um sich herum wahrgenommen hatte. Sie wusste noch, dass sie auf dieser Rettungsaktion eine unglaubliche Kraft in sich gespürt hatte. Eine so große Energie, dass sie hätte Bäume ausreißen können. Und sie war in diesem Moment völlig erfüllt gewesen.

»Dieses Gefühl meine ich«, sagte Taro. »Liebe und Leidenschaft zeigen dir immer den richtigen Weg zu dir selbst. Zu deinem göttlichen Wesenskern. Wenn du diesen Gefühlen folgst, findest du die größte Erfüllung.«

Mittlerweile waren sie am Stadtrand angekommen und gingen über einen Feldweg. Lucy kannte diesen Feldweg von früher. Es gab hier mehrere Bauernhöfe und auch einen Schlachthof, um den Lucy als Kind immer einen großen Bogen gemacht hatte. Wenn sie diesen Weg noch weiter entlang gingen, würden sie an einen See kommen, in dem sie damals immer gebadet hatte. Aber dann hatten sie einen sehr langen Rückweg, dachte sie noch, als Taro plötzlich stehen blieb.

Lucy wandte sich zu ihm um und erstarrte vor Schreck. Sein Gesicht war so schmerzverzerrt, als hätte ihm gerade jemand ein Schwert in den Körper gerammt. Er beugte sich leicht nach vorn über, als müsse er sich übergeben. Und genauso sah er auch aus. Er war plötzlich blass und Schweißperlen bildeten sich auf seiner Oberlippe. »Taro? Was…« In diesem Moment wurde auch Lucy übel vor Schmerzen. Sie spürte seinen Schmerz an ihrem ganzen Körper. Es fühlte sich an, als würde sie zerreißen. Doch das war nur ein Bruchteil der Schmerzen, die er erlitt. Das seelische Leid war viel schlimmer. Todesangst ließ seinen Puls nach oben jagen und eine tiefe Trauer und ein unerträglicher psychischer Stress, vermischt mit endlosem Leid, peinigten ihn. Sein Atem ging schneller und ebenso schnappte Lucy unaufhörlich nach Luft.

Sie berührte seinen Arm, der vor Anspannung bebte. »Was … ist … das?«, fragte sie atemlos. »Bitte,… hör auf!«

Jetzt drehte sich Taro zu dem Hof um, neben dem sie gerade standen und beobachtete, wie ein Mann aus einem Stall kam und etwas in seinen Pickup lud. In diesem Moment spürte Lucy einen so tiefen Hass von Taro ausgehen, dass ihr eiskalt wurde. Die altbekannte Wut brach aus ihm heraus wie kochende Lava aus einem Vulkan und erfüllte ihn mit Leib und Seele. Er biss die Zähne zusammen und starrte die Abscheulichkeit – wie er den Mann in seinen Gedanken nannte – mit solch hasserfüllten Blicken an, dass Lucy ihn schon tot in seinem Hof liegen sah. Und endlich erkannte sie auch den Grund für Taros plötzlichen Gefühlsausbruch. Offenbar behandelte er seine Tiere wirklich schlecht. Lucy konnte das Leid fühlen, das Taro mit diesen Tieren durchlebte. Es war die Hölle. Sie glaubte die Todesangst und das Leid der Tiere förmlich zu riechen. Es nahm ihr die Luft zum Atmen und raubte ihr fast den

Verstand. Ebenso wie Taro, der sich jetzt in Bewegung setzte und wie eine Naturgewalt auf den Mann zu stürmte.

Sie hatte es kommen sehen. Ein falscher Moment an einem falschen Ort mit einem völlig falschen Menschen und die Katastrophe war da. Oder hatte sie diese Situation etwa erschaffen, als sie vorhin darüber sinniert hatte? War die Energie in dieser Welt schon so hoch, dass sich Gedanken so schnell manifestierten? Sie hatte keine Zeit darüber nachzudenken. Taro riss den Mann von der Ladefläche seines Pickups, als sei er eine Puppe und packte ihn mit beiden Händen an seinem Kragen, wobei er vor Schreck aufschrie. Er schlug ihn gegen die Fahrertür, presste ihn mit seiner ganzen Muskelkraft dagegen und knurrte ihn an wie ein wildes Tier: »Du widerwärtiges Stück Dreck!«

Lucy lief zu ihm und zog an seinem Arm, um ihn davon abzuhalten, den Mann zu erwürgen. Doch er ließ sich keinen Zentimeter bewegen.

»Lass mich!«, schrie er sie an. Dann knurrte er dem Mann wieder ins Gesicht: »Ich werde dir zeigen, was Leid bedeutet.«

Der Mann hatte die nackte Angst in den Augen, doch das war noch gar nichts im Vergleich zu dem, was ihn jetzt erwartete. Lucy spürte, was Taro vorhatte. Er würde ihn all das Leid erleben lassen, das er anderen jemals zugefügt hatte. Menschen sowie Tieren. Sie wusste nicht, wie er es anstellte, aber er versetzte diesen Mann in die Lage jedes einzelnen Opfers in seinem Leben und ließ ihn spüren, was sie gespürt hatten. Die Todesangst, das Leid, den Kampf, die Trauer… Das alles brach über den Mann herein und spiegelte sich in seinem Gesicht wider. Lucy wurde schlecht. Sie hatte noch nie so viel Leid auf einmal gefühlt. Sie musste sich irgendwie abschotten, sonst würde sie – genauso wie dieser Mann – den Verstand verlieren. Er schrie vor Schmerzen. Und Tränen des Leids flossen wie Bäche aus seinen Augen. Sein Wimmern und angsterfülltes Schreien war markerschütternd. Lucy hielt sich verzweifelt die Ohren zu, doch es war schon vorbei. Taro ließ ihn los, woraufhin der Mann sofort schreiend von seinem Hof flüchtete und über die Felder lief. Weinend. Kreischend. Und wahnsinnig vor Schmerzen.

Taro ließ die Arme sinken und starrte einen Moment lang ins Nichts. Dann sackte er in sich zusammen, ließ sich auf die Knie fallen und stützte sich mit den Händen auf dem Boden ab. Lucy kniete sich sofort vor ihn und berührte sein Gesicht. Warme Tränen flossen ihr über die Hände. Unaufhörlich. Und der Schmerz in seinen Augen war unerträglich. Auf einmal wirkte er wie ein kleiner Junge, den man zutiefst verletzt hatte. Er war von Kummer geschlagen. Schwach und kraftlos. Verzweifelt über die Unmenschlichkeit der Bestien in dieser Welt.

»Es tut mir leid, Lucy«, flüsterte er mit zitternder Stimme. »Du wirst es nicht schaffen. Ich kann das nicht. Ich kann hier nichts Göttliches erkennen.«

Lucy kamen nun ebenfalls die Tränen. Sie konnte es nicht ertragen, ihn so zu sehen. So hilflos und am Boden zerstört. Nicht Taro! Sie nahm ihn sofort in den Arm und drückte ihn fest an sich. Und so verbrachten sie eine ganze Stunde und hielten sich nur fest. Teilten den Schmerz, den sie beide fühlen konnten. Sie wusste, was er durchmachte. Nicht nur, weil sie alles fühlen konnte, was er fühlte, sondern weil sie dieses Leid kannte. Noch vor einiger Zeit hatte sie dieselbe Abscheu vor dieser Welt empfunden. Denselben Hass, dieselbe Wut. Und plötzlich erkannte sie, wie ähnlich sie ihm war. Sie waren wie Zwillinge, die sich gegenseitig spiegelten. Vielleicht hatte sie den Hass in sich selbst noch nicht vollständig akzeptiert, weshalb er ihr jetzt so deutlich vor Augen geführt wurde. Und vielleicht spiegelte sie ihm etwas, das er brauchte, um endlich glücklich werden zu können. Sie brauchten sich. Sie brauchten sich mehr als alles andere auf der Welt. Denn sie mussten voneinander lernen und miteinander wachsen. Das wurde Lucy auf einmal so klar, dass sie jedes Gefühl zu ihm endlich vollständig akzeptieren konnte. Es hatte alles seinen Sinn.

11

ZUKUNFTSVISIONEN

(M)iriam versuchte es immer wieder, aber auch Mikas Gedanken konnte sie nicht hören. Stimmte vielleicht etwas mit ihrer Fähigkeit nicht?

Mit deiner Fähigkeit ist alles in Ordnung, Schatz, dachte Hilar und lächelte seiner Freundin zwinkernd zu. *Sie ist eine Meisterin darin, ihre Gedanken und Gefühle zu verbergen. Sie ist mindestens so gut wie Taro. Schließlich war er ihr Lehrer.*

»Taro hat ihr das beigebracht?«

Hilar nickte und Mika grinste breit. Sie saßen in der Eisdiele, in der Miriam oft mit ihrer Schwester Maja war und aßen einen großen Eisbecher. Mika jedoch hatte, nachdem sie einen Löffel Eis bei Maja probiert hatte, freiwillig auf ihren Eisbecher verzichtet und eine große Rede über gesunde Ernährung gehalten. »In Lumenia essen wir nichts, das unserer Energie schadet«, hatte sie mehrmals gesagt und mit Entsetzen zugesehen, wie Maja und Miriam ihr Eis genossen hatten. Auf die Frage hin, was die Leute denn in Lumenia so naschten, hatte sie eine Reihe von Leckereien aufgezählt, die Miriam und Maja völlig unbekannt waren und deren Namen auch sehr ausländisch klangen. Hilar hatte noch lachend ein paar Namen hinzu gefügt. Auch er hatte auf ein Eis verzichtet.

»Jetzt verstehe ich auch, warum hier alle so krank sind«, sagte sie laut und sah sich um, wobei sie ein paar Leute – die sie gehört hatten – pikiert anblickten. »Wenn man Dinge isst, die eine niedrige Schwingung haben, wirkt sich das auf den Körper aus. Und dann verliert er Energie und wird krank. Aber das ist ja nicht der einzige Grund für eure Krankheit.«

Miriam zischelte beschämt und wurde rot. »Nicht so laut«, flüsterte sie Mika zu. »Du beleidigst die Leute.«

Mika sah sie überrascht an. »Das ist doch nur die Wahrheit!«

Hilar lachte sich fast kaputt. Er amüsierte sich köstlich über Mika und stachelte sie immer wieder zu neuen Reden an. »Erzähl doch mal, wie unsere Arbeitsverhältnisse aussehen«, forderte er sie grinsend auf, als die Kellnerin kam und die leeren Eisbecher abräumte.

»Wir arbeiten freiwillig und wir tun nur das, was wir wollen und was uns glücklich macht. Wir leben unsere Träume und unsere Leidenschaften und werden nie zu etwas gezwungen. Geld müssen wir nicht verdienen, weil wir alles umsonst haben.« Offenbar wusste Mika genau, wie die Dinge in dieser Welt aussahen.

Die Kellnerin starrte das kleine Mädchen mit großen Augen an und lachte dann. »Eine schöne Fantasiewelt!«, sagte sie.

»Das ist keine Fantasiew...«

Maja hielt ihr die Hand auf den Mund und machte »Pscht«.

Wieder lachte Hilar.»Das ist einfach zu schön!«

Miriam sah Mika interessiert an und als die Kellnerin weg war, fragte sie:»Ihr lebt alle eure Leidenschaften und Träume?«

Mika nickte energisch.»Ja, so wie Maja.« Sie sah Maja an und zwinkerte ihr zu.

Maja wurde rot und starrte beschämt auf die Tischdecke.

»Sie wird einmal eine große Tänzerin werden und tolle Shows machen!«, erzählte Mika.»Sie muss nur weiter ihrer Leidenschaft folgen. Dann erfüllen sich ihre Träume von allein.« Während sie sprach, blickte sie mehrmals aus dem Fenster, um nach ihrem Hund Taro zu sehen. Er saß auf der anderen Straßenseite, stocksteif wie ein Militärhund, und beobachtete Mika durch das Fenster. Die Leute blieben immer wieder stehen und starrten ihn erstaunt an. Doch er ließ sich von niemandem anfassen. Wenn ihm jemand zu nahe kam, bellte und knurrte er.

»Da ist sie ja auf dem besten Wege«, sagte Miriam und lächelte ihre Schwester dabei an.»Sie hat bald einen großen Auftritt. Ihr kleiner, nächtlicher Ausriss damals hat weite Kreise gezogen. Sie ist schon ein richtiger, kleiner Star.«

»Ja, ich weiß. Und du wirst sie alle schwer beeindrucken!«, sagte Mika voller Begeisterung zu Maja.

Miriam sah sie interessiert an und beugte sich nun über den Tisch, um ihr etwas zuzuflüstern.»Quidea sagt, du kannst sehr weit in die Zukunft sehen«, erwähnte sie leise.

Mika nickte.

»Kannst du denn auch sehen, wie die ganze Sache mit Lumenia ausgehen wird?«

Jetzt beugte sich auch Hilar zu ihr vor und sah sie neugierig an.

Mika blickte von einem zum anderen und schien zu überlegen, ob sie ihnen sagen sollte, was sie sah. Dann flüsterte sie:»Wenn es so weiter geht, wie bisher, sieht es gut aus. Sehr gut sogar. Aber es können Schwierigkeiten auftreten, die nicht gut für uns wären.«

Miriam zog irritiert die Stirn kraus. Was sollte das bedeuten?

»Sie sieht alle Realitätswahrscheinlichkeiten zur selben Zeit«, erklärte Hilar.»Es ist so: Wenn du eine Entscheidung triffst, dann entsteht eine entsprechende Zukunft. Eine Realität. Die aber wiederum von deinen weiteren Entscheidungen abhängt. Die Zukunft ist eine gigantische Suppe aus Wahrscheinlichkeiten. Du befindest dich in jedem Moment deines Lebens an einem Punkt mit unzähligen Wegen. Triffst du eine Entscheidung, gehst du einen bestimmten Weg davon entlang, von dem aus wieder unzählige Abzweigungen abgehen. Je nachdem wie du dich entscheidest, was du tust, sagst, denkst, fühlst, manifestiert sich dein weiterer Weg, deine Zukunft. Mika sieht alle diese wahrscheinlichen Realitäten, diese Wege. Sie kann jede Entscheidung von dir nachverfolgen und sehen, welche Auswirkungen sie in der Zukunft haben werden. Wenn jemand von dem momentanen Weg abweicht, der zu einem glücklichen Ende von Lumenia führen wird, kann alles den Bach runtergehen.«

Miriam starrte Mika mit offenem Mund an. Sie konnte kaum fassen, wie mächtig die Kleine war. Offenbar sah sie einfach alles! Wie kam man damit zurecht, wenn man so viele Informationen im Kopf hatte?

Mika lachte. »Das ist nicht so schwer. Ich habe nur die Informationen, auf die ich mich konzentriere und die ich haben will. Die anderen schwimmen so um mich herum und ich kann mir welche herauspicken, wenn sie mich interessieren.«

»Das ist unglaublich«, hauchte Miriam fasziniert. »Und welche Abweichungen würden zu Schwierigkeiten in Lumenia führen?«

Mika sagte zunächst nichts. Sie blickte Maja an und schien mit ihr ein paar Gedanken zu tauschen. Doch Miriam konnte nichts hören. Genauso wenig, wie Hilar. »Verschiedene«, sagte sie dann und machte ein ernstes Gesicht. »Wenn... Lucy Taro nicht geküsst hätte zum Beispiel und Nikolas nicht fortgegangen wäre. Wenn Taro jetzt aufgeben würde. Wenn eure Familie uns nicht akzeptieren würde. Und...«, sie sah jetzt wieder Maja an, »wenn Maja nicht ihrer Leidenschaft folgen würde.«

Miriam blickte sie fassungslos an. Sie konnte tatsächlich die Auswirkungen sehen, die es gegeben hätte, wenn Lucy Taro *nicht* geküsst hätte? Und das wäre für Lumenia schlecht gewesen? Sie konnte es kaum glauben.

»Es hat alles seinen Sinn«, sagte Mika mit weiser Stimme. »Und es ist alles in Ordnung. Genauso wie es ist.«

12

EINE HEISSE SPUR

Seit Stunden las er schon die Briefe, die sich Marius mit dieser Frau geschrieben hatte. Marion Karin. Und irgendetwas daran berührte ihn zutiefst. Es war nicht nur die innige Liebenswürdigkeit, mit der diese Frau ihm geschrieben hatte. Irgendetwas war mit ihr. Etwas, das ihn nicht mehr los ließ. Etwas Vertrautes. Und eine leise Ahnung ließ sein Herz so wild schlagen, dass es manchmal vor Aufregung stolperte. Er klickte den letzten Brief an, den Marius an sie geschrieben hatte und las die Zeilen mit einer solchen Aufruhr, dass seine Hand über der Maus zitterte.

Liebste Marion,

ich kann wohl kaum den Schmerz nachvollziehen, den du erleiden musst, aber ich will ihn dir nehmen. Ich weiß, wie ich dir helfen kann, deine Erinnerungen wieder zu finden und zu den Menschen zurückzukehren, die du liebst und von denen du nur eine leise aber bestimmte Ahnung hast. Sie werden sich glücklich schätzen können, dich wieder in ihrer Mitte zu haben. Ich will, dass du glücklich bist, meine Liebe. Es gibt einen Kristall, der dich heilen kann. Ich habe es gesehen. Er vollbringt die unglaublichsten

Dinge. Ich bin schon lange auf der Jagd danach, obwohl er mir
versprochen wurde. Aber jetzt bin ich durch gewisse Umstände
stark genug, um ihn endlich an mich zu reißen. Ich werde ihn in
dieser Nacht bekommen und ihn sofort zu dir bringen, mein Herz.
Du wirst bald wieder lachen können.
In Liebe,
Marius.

Nikolas wurde übel. Er sah auf das Datum der E-Mail. Es
zeigte den Tag an, an dem er Marius getötet hatte. Er lehnte
sich im Stuhl zurück und ging sich verzweifelt durch sein
wirres Haar. Warum hatte er nie etwas über sie in Marius'
Gedanken wahrgenommen? Hatte er diese geheime Liebe so
gut in seinem Unterbewusstsein versteckt? Es tat ihm so leid.
So unendlich leid. Obwohl Marius auf eine solch brutale und
widerwärtige Weise versucht hatte, an den Kristall zu
kommen, hatte er ihn letztendlich nicht für sich haben
wollen. Sondern für die Frau, die er liebte. Um ihr zu helfen.
Die Schuldgefühle bissen sich immer tiefer in Nikolas' Seele.
Er klickte die E-Mail weg und sah nach, ob noch eine
Antwort von ihr gekommen war. Und tatsächlich. Nur
Stunden später schrieb sie:

Liebster Marius,
sei vorsichtig. Ich habe kein gutes Gefühl. Beiß dich nicht daran
fest. Ich werde meine Erinnerungen wieder erlangen. Ob mit oder
ohne diesen Kristall. Vertrau mir. Ich bin nah dran.
Marion

Nikolas spürte es. Und sein Gefühl hatte ihn noch nie betrogen. Es war möglich, dass sie die Frau war, die er schon so lange suchte. Der Grund, warum er in diese Welt zurückgekehrt war. Er hatte sie nie wieder betreten wollen. Aus Angst, er würde erneut in das Leid hinab gerissen werden, das er als Kind erlebt hatte und das ihn vor sechs Jahren erneut fast in den Wahnsinn getrieben hatte. Die Schuld und der Schmerz waren unerträglich gewesen. In Lumenia hatte er lernen müssen, mit solchen Gefühlen umzugehen. Doch er hatte das Gefühl der Schuld nie wirklich ablegen können. Deshalb war er jetzt hier. Um alles wieder gut zu machen und die Frau zurückzuholen, die seinetwegen verloren gegangen war. Dass die Möglichkeit bestand, dass Marion diese Frau war, ließ sein Herz so schnell schlagen, dass es in seinem ganzen Körper bebte. Er musste es herausfinden. Jedoch durfte er noch niemandem etwas davon sagen. Wenn einer der Lumenier davon erfuhr, würden sie die gesamte Garde an die französische Küste schicken, wo die Frau lebte. Und wenn sich dann herausstellte, dass sie nicht diejenige welche war, würde er wieder dastehen, wie ein dummer Junge, der seine Gefühle nicht unter Kontrolle hatte. Nein, er musste es zuerst selbst herausfinden. Er suchte schnell alle Informationen über ihren Aufenthaltsort zusammen, die er in den E-Mails finden konnte und klickte sich noch einmal durch. Dabei fiel ihm eine Textpassage ins Auge, die er vorher nicht wahrgenommen hatte. War er so blind vor Aufregung gewesen? Es ging um Hannah. Marion fragte in dieser Email nach ihr und bezeichnete sie als ein wundervolles Mädchen, das mehr Verständnis verdient hatte und dass sie sie gern einmal kennenlernen würde. Plötzlich setzten sich alle Informationen in ihm zu einer Antwort zusammen. Die vielen Menschen, die er in Hannahs Bewusstsein gesehen hatte, das Meer, die Cafés am Wasser ... Sie war dort! Hannah war bei Marion!

Er stürzte sofort aus dem Zimmer, um Thomas zu wecken und startete schon einmal den Wagen. Es war ihm egal, dass er noch nicht eine Minute geschlafen hatte. Er konnte schlafen, wenn er sie gefunden hatte. Und damit meinte er nicht das Mädchen. Sondern die Frau, die er mehr als alles andere auf der Welt liebte.

13

OIE WAHRHEIT

Taro saß seit Stunden stumm auf ihrer Couch und starrte ins Kaminfeuer. Sein Blick war leer und seine Gesichtszüge erstarrt, doch in seinem Inneren tobte ein Kampf, wie Lucy ihn in den Gedanken eines Menschen noch nie erlebt hatte. Sein Hass fraß sich wie Gift durch sein Bewusstsein, gefolgt von Traurigkeit und Schmerz. Doch auf der anderen Seite war da die Liebe zu seinem Land und der feste, unerschütterliche Beschluss, es zu retten.

Lucy wusste nicht mehr, was sie sagen sollte. Sie hatte die ganze Zeit versucht, ihn etwas aufzuheitern, aber er hatte es nicht einmal über sich gebracht, wenigstens mit den Mundwinkeln zu zucken, wenn er schon nicht lächeln wollte. Sie hatte schon überlegt, jemanden aus Lumenia zu holen, der ihn wieder ans Spiel der Götter erinnerte, aber sie wollte nicht, dass sie mitbekamen was für einen miesen Job sie machte. Wie sollte sie es je schaffen, ihn von der Göttlichkeit in den Menschen in dieser Welt zu überzeugen? So wie es aussah, war das einfach unmöglich. Er hasste diese Welt und er hasste die Menschen in ihr.

»Hör auf«, murmelte er plötzlich.

Lucy richtete sich neben ihm auf und sah ihn an. Sein Gesicht war immer noch starr wie Stein, aber wenigstens bewegten sich jetzt seine Augen vom Kaminfeuer weg und hin zu ihr.

»Wir müssen vorsichtig sein.« Seine Augen waren immer noch glasig und seine Stimme schwach. »Im Moment«, er holte tief Luft, »drehen alle ziemlich durch. Sogar ich.« Sie sah ihn mitfühlend an und berührte seine Hand. »Taro, es tut mir leid. Ich glaube, es war meine Schuld. Ich hatte diese dummen Gedanken und habe mir vorgestellt, was passieren würde, wenn solch eine Situation eintritt. Ich habe es bestimmt erschaffen.«

»Das spielt keine Rolle«, sagte er emotionslos. »Merkst du nicht, was hier geschieht?«

Sie hob fragend die Augenbrauen.

»Die ganze Welt stürzt in einen gewaltigen Kampf! Du brauchst dir nur die Nachrichten anzusehen. Es scheint, als würde alles ins Chaos stürzen, aber in Wirklichkeit brechen nur die Wunden aus den Menschen heraus. Sie brechen aus der ganzen Welt heraus. Es würde mich nicht wundern, wenn irgendjemand in dieser Zeit einen Krieg anzettelt.«

Lucy machte ein erschrockenes Gesicht. »Sollte eine ansteigende Schwingung nicht eigentlich das Gegenteil bewirken?«

»Nicht, wenn dem Glück noch Steine im Weg liegen. Sie werden den Menschen momentan radikal vor die Nase gehalten. Und es geschieht nicht nur mit mir und mit dir, sondern global. Allerdings«, er seufzte schwer, »sollte ich es eigentlich besser wissen und mich davon nicht in einen

Kampf ziehen lassen.«

»Hey«, sagte Lucy aufheiternd, »auch Lumenier dürfen mal auf die Nase fallen. Niemand ist perfekt. Und das muss auch niemand sein. Wenn das stimmt, was du sagst und durch die steigende Energie alles aus den Menschen herausbricht, was dem Glück im Weg ist, dann hilft doch nur eins: Euphoria. Richtig?«

Jetzt lächelte er endlich wieder und nickte. »Hat dir Nikolas je die Geschichte erzählt? Wie alles entstanden ist?«

»Nein«, seufzte Lucy. »Er war immer sehr zurückhaltend mit dem, was er mir über Lumenia erzählt hat. Als könnte mich daran noch irgendetwas erschrecken.«

Taro lachte leise. »Erschrecken vielleicht nicht«, sagte er, »aber verwirren mit Sicherheit. Du weißt bisher nur einen Bruchteil von dem, was Lumenia ist und wer *wir* sind. Für dich und für Miriam und für eure Familien sind wir einfach nur Menschen, die ein wenig übersinnlich sind. Aber es steckt viel mehr dahinter. Viel mehr *Geschichte*.«

Lucy sah ihm gespannt in die verweinten Augen. Es hatte mittlerweile angefangen zu regnen und zu dem Knistern des Kaminfeuers trommelten nun leise die Regentropfen gegen das Fenster. Es war auf einmal so gemütlich, dass sich Lucy am liebsten in eine Wolldecke gekuschelt und den ganzen restlichen Abend Taros Geschichte gelauscht hätte. Und als er begann zu erzählen, lehnte sie sich zurück, zog ihre Beine an und ließ einfach nur seine Stimme auf sich wirken.

»Bevor Lumenia zu einer Welt wurde, die von deiner getrennt existiert, waren alle Menschen auf diesem Planeten Götter. Mächtige Götter mit unbegrenzten Möglichkeiten.

Sie konnten nicht nur Gedanken lesen und Gegenstände durch die Luft fliegen lassen, sie waren mit allem Eins und sie spürten diese Einheit in jedem Moment ihres Lebens. Das befähigte sie dazu, alles, was existierte, nach ihren Vorstellungen zu verändern, denn sie wussten, dass nichts auf der Welt von ihnen getrennt war. Die Welt war der Spielplatz ihrer Schöpfungen und so erschufen sie sich ein Paradies, in dem sie in Einklang und Harmonie miteinander lebten. Die Schöpfung eines einzelnen Gottes geschah immer im Einverständnis und in Frieden mit jedem anderen Gott. Wenn also jemand Regen erschaffen wollte«, er nickte bei diesen Worten zum Fenster, »geschah dies in absolutem Einklang mit dem Willen jedes anderen Gottes. Es gab keine gegensätzlichen Schöpfungen, also etwas, was der eine wollte und der andere nicht. Es geschah alles in Harmonie zueinander, da alles eins war. Jeder war mit jedem verbunden und konnte jeden fühlen, als wäre er nicht nur er selbst, sondern auch der andere. Sie waren individuelle Geschöpfe und doch eins.«

Lucy bekam eine Gänsehaut. Sie hatte diese Einheit schon so oft mit Nikolas gespürt, wenn sie zusammen Euphoria gespielt hatten, sich im Arm gelegen hatten oder ... wenn sie miteinander geschlafen hatten. Sie hatte sich am Anfang noch sehr darüber gewundert, dass sie seine Empfindungen dabei spüren konnte, hatte es aber mit der Zeit als etwas betrachtet, das wohl bei den Lumeniern normal war.

Taro schmunzelte über ihre Gedanken. »Das ist nicht nur bei den Lumeniern normal, Lucy. Das ist *ganz* normal. Bei allen. Ihr nehmt es nur nicht mehr wahr. In eurer

Gesellschaft ist das Thema Sex, Leidenschaft und Ekstase völlig entgleist. Dabei ist es etwas Heiliges. Ein Akt der Vereinigung. Man spürt dabei diese Einheit, in der wir alle existieren und aus der wir alle entsprungen sind.«

Lucy senkte verlegen den Kopf und wich Taros Blick aus, während er davon erzählte. Es fühlte sich fast so an, als würde sie fremdgehen, wenn sie mit ihm auch nur über Sex und Leidenschaft *sprach*.

Taro spürte ihr Unbehagen, also erzählte er einfach die Geschichte weiter: »Keiner weiß genau, wie es passiert ist, aber irgendwann fingen die Götter an, zu vergessen. Sie vergaßen, wer sie waren, wie mächtig sie waren, wie *verbunden*. Sie fühlten sich plötzlich getrennt voneinander und daraus entstand Schmerz und Leid. Sie nahmen sich auf einmal als von der Welt getrennt wahr, wodurch sie ihre Fähigkeiten verloren und ihre Schöpferkraft vergaßen. Diese Zeit des Vergessens zog sich über eine sehr lange Zeit. Es entstanden Kämpfe. Die Götter fingen an, gegen sich selbst, gegen ihre Gefühle und Gedanken zu kämpfen und gegen ihre äußere Realität, weil sie sich selbst darin nicht mehr erkennen konnten. Sie konnten nicht mehr sehen, dass die Realität ihre eigene Schöpfung war. Dass sie nur spiegelte, was sie *waren*. Und da sie voller Kämpfe waren, entstanden auch Kämpfe in der Welt. Kriege, Leid und Kummer. Schmerz. So großer Schmerz.« Taro sah so aus, als würde er den Schmerz der Götter von damals spüren können. Vielleicht lag es aber auch nur daran, dass er die Geschichte so lebhaft erzählte. »Unser damaliger König hatte sich das Drama lange Zeit mit angesehen. Aber als es immer schlimmer wurde, entschied er, sein Land von dem Rest der Welt zu trennen, um zu verhindern, dass sich diese Krankheit auch auf die Lumenier auswirkte. Er erschuf, gemeinsam mit allen Bewohnern des Landes, einen mächtigen Kristall.«

Lucy machte große Augen. »Er hat ihn einfach aus dem Nichts erschaffen?«

Taro nickte. »Wie gesagt, sie waren sehr mächtig und es war ihnen nichts unmöglich. Die Götter speisten diesen Kristall mit all ihrer Kraft und setzten ihn schließlich ein, um einen mächtigen, energetischen Schutzwall um das Land herum zu errichten, der es für den Rest der Welt unsichtbar machte. Der Tag, an dem dieser Kristall erschaffen worden war, war der 25. Mai. Der Tanz der Götter.«

Lucys Augen begannen zu leuchten. Sie fühlte auf einmal so viel Stolz, dass Nikolas diesen für die Lumenier so wichtigen Tag mit ihr zusammen verbracht hatte.

»Seit dem wird jedes Jahr am 25. Mai das Ritual wiederholt. Die Menschen in Lumenia speisen den Kristall erneut mit ihrer Energie, um den Schutzwall zu stärken.«

Lucy fiel ein, dass dieses Stärken des Kristalls mittlerweile nicht mehr zu funktionieren schien.

Taro seufzte. »Ja. Mit den Jahren haben sich die Menschen in Lumenia verändert. Von der damaligen Göttlichkeit ist nicht mehr viel übrig geblieben. Wir sind immer noch sehr mächtig, aber wir sind Welten davon entfernt so zu sein, wie die Götter früher waren. Wir vermuten, dass wir trotz der Trennung ein wenig mit hinab gezogen wurden. Der König, der damals den Kristall manifestiert hatte, hatte es wohl geahnt und gemeinsam mit dem Ältestenrat und der Garde ein Spiel erfunden, das verhindern sollte, dass die Götter in Lumenia jemals die Einheit vergaßen und ihre Schöpferkraft. Sie nannten es Euphoria – das Spiel der Götter.«

Wieder bekam Lucy eine Gänsehaut. Sie hatte Euphoria immer einfach nur für eine hilfreiche Unterstützung gehalten glücklich zu sein und sich damit auch glückliche Situationen zu erschaffen. Aber die Entstehungsgeschichte dieses Spiels ließ es in einem ganz anderen Licht erscheinen. Auch hatte sie es nie als eine Stütze gesehen, sich die Einheit bewusst zu machen.

»Euphoria ist mehr als nur ein Schöpferspiel«, erklärte Taro. »Die Spielregeln heben dich nicht nur in eine höhere Schwingung und lassen dich positiver denken und fühlen. Sie lassen dich auch mehr und mehr zur Einheit finden. Denke an die Absichtslosigkeit. Sie löst die Gegensätze auf. Wenn du absichtslos handelst, kannst du weder gewinnen noch scheitern, du tust einfach nur etwas im Hier und Jetzt. Es gibt keine Vergangenheit mehr und keine Zukunft, sondern nur den Augenblick. Keine Ziele, keine Wünsche, keine Sehnsüchte. Nur das Sein. In der Absichtslosigkeit findest du die Einheit, in der die Schöpfung ganz leicht und ohne Mühe geschieht. Du kannst etwas sein, ohne auch nur den Hauch eines Zweifels zu haben und du kannst es *jetzt* sein, denn Zeit existiert ohne Absicht nicht. Wir leben unser ganzes Leben so. Jeden Tag spielen wir das Spiel der Götter. Es ist für uns kein Spiel mehr, sondern das Leben selbst. Und das war es auch, was unser damaliger König erreichen wollte. Hätte es Euphoria nie gegeben, wäre Lumenia schon viel früher untergegangen. Oder uns hätte dasselbe Schicksal ereilt, wie den Rest der Welt.«

»Also hat euch Euphoria dabei geholfen, Götter zu bleiben«, schlussfolgerte Lucy. »Das, was wir vergessen haben, habt ihr durch das Spiel der Götter aufrechterhalten.« Taro nickte. »Du kannst dir vorstellen, wie groß die Angst der Lumenier ist, jemals so zu enden wie ihr. Sie haben dieses Leid gesehen. Den Kampf, die Kriege. Die Trennung davon war der einzige Weg, um zu verhindern, dass wir mit euch zusammen abstürzen. Zum Glück hatten wir einen ziemlich pfiffigen König.« Taro grinste. »Er war ein sehr weiser, alter Mann mit einem gewaltigen Spieltrieb. Das hat uns gerettet.« Er lachte und zwinkerte dabei. Offenbar war er jetzt viel besserer Laune als vorher. »Er hat damals auch meinen Vater als einen seiner Nachfolger ausgewählt.«

Lucy stutzte. »Wie bitte? Dein Vater hat damals schon gelebt?«

»Nein«, lachte Taro. »Er hat ihn in der Zukunft gesehen.«

Lucy blickte ihn stumm an. Dieser König hatte damals schon Quidea gesehen?

»Ja. Damals konnten die Lumenier noch viel weiter in die Zukunft sehen als heute. Jetzt sehen wir nur noch, dass uns eine Katastrophe bevorsteht und können nicht einmal die Ursache beheben.«

Lucy war auf einmal wieder wild entschlossen, alles zu tun, um Lumenia zu retten und sie glaubte ganz fest daran, dass sie es schaffen konnte. Und das lag nicht nur daran, dass sie – jetzt, wo in dieser Welt die Energie stieg – auf ihre Gedanken aufpassen musste und es sinnvoller schien, an ein

Happy End zu glauben, sondern weil sie das starke Bedürfnis hatte, dieses Land zu beschützen. Es war das letzte Überbleibsel einer einstigen göttlichen Welt. Der letzte Fleck des Paradieses. Es *durfte* nicht untergehen. Das würde sie nicht zulassen.

»Ich will es genauso wenig zulassen, Lucy«, sagte Taro ruhig. »Aber es ist nicht damit getan, mich von der Göttlichkeit dieser Welt zu überzeugen. Ich will es dir nicht schwerer machen, als es ist, glaub mir. Ich *möchte* daran glauben, dass es in den Menschen hier noch einen Funken Göttlichkeit gibt. Aber…«, er hielt kurz inne und sah sie mit einem seltsamen Gesichtsausdruck an, »es wird nicht funktionieren. Nicht ohne…«

Sie wartete. Doch er sagte nichts mehr. Er starrte sie nur an und biss die Zähne zusammen.

»Ohne…?«

Nichts. Er sagte gar nichts mehr. Nachdem er ihr so viel über die Geschichte Lumenias erzählt hatte, gab es jetzt offenbar wieder Geheimnisse, die Lucy nicht erfahren durfte. Warum hatte er überhaupt erst mit der Wahrheit angefangen, wenn er sie nicht komplett herausrücken konnte?

»Hat das irgendetwas mit dem zu tun, was vor sechs Jahren passiert ist?«

Er riss vor Schreck die Augen so weit auf, dass Lucy ebenfalls erschrak. Dann wühlte er sofort spürbar in ihren Gedanken, fand jedoch keinen Hinweis darauf, dass sie irgendetwas wusste, woraufhin er erleichtert aufatmete.

»Was ist hier eigentlich los? Ihr behandelt mich seit

Wochen wie eine dumme Außenstehende, die nichts wissen darf. Nikolas erzählt mir nicht, dass er genau weiß, dass wir uns küssen würden und er verheimlicht mir auch, dass er mit einem Verrückten mitfahren werden wird, um ein verrücktes Kind zu finden. Irgendetwas Seltsames geht hier doch vor sich. Sag mir endlich die Wahrheit! Sonst reiße ich all eure mentalen Mauern nieder! Du weißt, dass ich das kann.«

Sein Blick bohrte sich in ihren Kopf und ließ nicht mehr von ihr ab. Er schien an ihr festgeklebt zu sein. Sein Gesicht wirkte verständnisvoll, doch auch hart. »Das habe ich gemeint«, sagte er ruhig. »Es würde dich verwirren, wenn du zu viel wüsstest.«

»Es verwirrt mich eher, dass ich *nichts* weiß!«, konterte sie.

»Na schön«, seufzte Taro und lehnte sich etwas zu ihr vor. »Nikolas hat nichts gesagt, weil er genau wusste, wie du reagieren würdest. Ihm war klar, dass dieser Kuss passieren musste, sonst wäre er nämlich zu einem Zeitpunkt passiert, der weitaus unangenehmer gewesen wäre. Und es wäre dann nicht nur bei einem Kuss geblieben. Er wusste, dass wir Zeit miteinander verbringen müssen, um uns über unsere Gefühle klarzuwerden, voneinander zu lernen und miteinander zu wachsen, wie du es vorhin selbst erkannt hast. Er hat das alles gesehen. Er hatte es nur nicht wahrhaben wollen und sich dagegen gewehrt. Ich habe ihn lediglich zur Akzeptanz zwingen wollen, als ich mich dir immer wieder genähert habe. Ihm war klar, dass du dich strikt dagegen wehren würdest, wenn du gewusst hättest, was passieren würde. Du hättest es verhindert und damit eine Entwicklung aufgehalten, die wichtig ist. Für dich, für mich und auch für Nikolas. Wenn er etwas *nicht* sagt, dann hat das tiefe Gründe, Lucy. Er kennt die Konsequenzen jeder Handlung und sieht alles schon im Voraus. Er ist weiser, als du dir vorstellen kannst. Und was die Sache mit Thomas und diesem Mädchen angeht...«, er hielt kurz inne und schien zu überlegen, ob er weitersprechen sollte, »er verspricht sich davon etwas«, fuhr er dann zögernd fort. »Er tut es nicht nur, um sich seiner Schuldgefühle in Bezug auf Marius zu entledigen, sondern um noch eine ganz andere Schuld wieder gut zu machen. Er hatte das Gefühl, dass dieser Trip ihm dabei irgendwie helfen würde und ist deswegen freiwillig mit dem Kerl mitgegangen. Er hätte es wahrscheinlich auch getan, wenn es außer diesem Mädchen keinen anderen Grund gegeben hätte, aber Tatsache ist, dass er auf der Suche nach etwas ist. Du bist nicht der einzige Grund, warum er in diese Welt zurückgekehrt ist, Lucy.«

Lucy zuckte bei seinem letzten Satz zusammen und starrte ihn erschrocken an. Seine Worte stachen ihr wie ein Messer ins Herz. Sie war nicht mehr in der Lage irgendetwas zu sagen.

Taro spürte sofort ihren Schmerz und versuchte, sich für seine harten Worte zu entschuldigen, aber es war zu spät. Irgendetwas war in ihr aufgerissen. Ein Gefühl, das sie schon vorher gehabt hatte. Misstrauen. Sie stürzte mit einem Mal in ein tiefes, emotionales Loch und ein alter Glaube kam zum Vorschein, den sie schon fast vergessen hatte. Dass sie unwichtig war. Nicht beachtenswert. Sie war immer die graue Maus im Hintergrund gewesen, hatte nie etwas zu

Stande gebracht, nie geglänzt, war nie bewundert oder wertgeschätzt worden. Und all das schlug ihr mit einem Mal ins Gesicht. Nikolas war nicht ihretwegen zurückgekommen. Sie war nicht wichtig für ihn. Unbedeutend. Sie spürte, wie Taro sie an den Schultern packte und leicht schüttelte. Er sagte irgendetwas. Aber sie hörte ihn kaum. Ihre Gefühle rauschten in ihren Ohren wie ein Wasserfall.

Das Licht flackerte. Und das Kaminfeuer schien auf einmal viel größer geworden zu sein. Es brauste und knisterte wie wild. Irgendwo krachte etwas vom Regal und schlug auf den Boden. Und dann sprang die Sicherung raus. Es gab einen lauten Knall und alle Lampen gingen aus.

»Lucy, beruhige dich!«, sagte Taro.

Das Wetter schien schlimmer zu werden. Der Regen peitschte jetzt gegen das Fenster und ein Donnergrollen war zu hören.

Taro sah erstaunt hinaus. »Das gibt es doch wohl nicht«, raunte er. »Du beeinflusst das Wetter??«

Doch Lucy hörte ihn nicht. Sie war gefangen in ihrem Schmerz. Plötzlich spürte sie, wie er sie an sich riss und fest umarmte. Er versuchte, sie mit seiner Energie in eine andere Schwingung anzuheben, um zu vermeiden, dass sie mit diesen destruktiven Gefühlen noch mehr Schaden anrichtete, aber es funktionierte nicht. Im Gegenteil. Die Gefühle wurden immer schlimmer. Tränen liefen ihr über die Wangen und sie hörte aus weiter Ferne, wie Taro immer wieder sagte: »Akzeptieren! Akzeptieren!«

Was sollte das noch bringen? Ihr Lebensinhalt zerbrach

gerade in tausend Stücke. Der Mittelpunkt ihres Seins, Nikolas, entfernte sich von ihr und ließ eine dunkle, kalte Leere zurück.

»Jetzt hör mir zu!«, sprach Taro mit fester Stimme in ihr Ohr. »Nikolas ist nicht der Mittelpunkt deines Seins. Das bist du! Du allein! Mach dein Glück nicht von ihm abhängig. Nur *du* bist dafür verantwortlich! Und über eins kannst du dir vollkommen sicher sein: Der Kerl liebt dich, Lucy! Er liebt dich, hörst du? Dass er noch aus einem anderen Grund in deine Welt zurückgekehrt ist, hat *nichts* mit dir zu tun! Und jetzt akzeptiere diese verfluchten Gefühle, sonst küsse ich dich und lasse es Nikolas direkt wissen!!«

Das hatte gezündet! Sie hätte ihm für diese Drohung am liebsten eine Ohrfeige verpasst, aber sie wusste, warum er es getan hatte. Er hatte sie aufrütteln wollen, weil sich ihre Gefühle vollkommen verselbständigt hatten. Und es funktionierte. Lucys Erinnerungen an das Spiel der Götter schalteten sich sofort ein. Noch während er sie festhielt, gab sie jeden Kampf gegen ihre Gefühle auf. Sie akzeptierte sowohl den alten Glaubenssatz, der tief in ihr verankert und gerade aus ihr herausgebrochen war als auch ihre schmerzhaften Gefühle und Gedanken. Und als hätte sich in diesem Moment ein Schalter umgelegt, raste plötzlich ihre Schwingung nach oben. Es war, als habe sie ein Hindernis aus dem Weg geräumt, das Taros Energie blockiert und daran gehindert hatte sie anzuheben. Jetzt schnellte ihre Energie so rapide hoch, dass sie nach Luft schnappte und fast wieder ohnmächtig wurde. Es fühlte sich an, wie an jenem Tag des Erdbebens in Lumenia, als Taro und die anderen ihre geballte Energie durch den Raum und das ganze Gebäude geschickt hatten. Durch ihre Empathie nahm sie einfach alles viel zu intensiv wahr. Auch Taros Energie fühlte sich jetzt an, als würde sie sie verbrennen.

»Taro«, hauchte sie, »warum musst du immer so übertreiben?«

Er lachte und knuddelte sie noch fester an sich. »Das sagst ausgerechnet du, Wetterfee? Ich musste dich doch irgendwie hoch kriegen.«

Obwohl sie jetzt wieder glücklich war und die Gefühle ihrer alten Traumata sie nicht mehr quälten, war die Frage in ihr jedoch noch nicht beantwortet. Was verheimlichten sie ihr? Sie überlegte, ob sie diese hohe Energie, die Taro ihr gerade geschenkt hatte, dazu nutzen sollte, seine mentale Mauer zu durchbrechen, um alles herauszufinden. Er würde es nicht aufhalten können. Sie war stark. Mächtiger, als sie selbst glauben konnte. Nur ihr Verstand und ihr verletztes kleines Ego zogen sie immer wieder in eine Ebene hinab, in der sie sich für machtlos, klein und unwichtig hielt. Eine Ebene, in der sie die meiste Zeit ihres Lebens verbracht hatte und die sie nie wieder fühlen wollte. Warum tat sie das immer noch? Warum ließ sie es zu, dass diese alten Traumata sie so tief abstürzen ließen? Sie hatte doch schon genügend Beweise für das Gegenteil erlebt. Sie war mächtig. Genauso mächtig wie die Lumenier.

Taro lachte leise. »Lucy, du verhedderst dich gerade. Auch *das* ist dein Ego. Es will sich mächtig fühlen, um das Gefühl der Machtlosigkeit loszuwerden.«

Doch sie hörte ihm nicht zu. Sie löste sich aus seiner

Umarmung und sah ihn an. Sie hatte ihm das Leben gerettet. Eine Kugel aus seiner Brust geholt und ihn geheilt. Und sie hatte die Energie des Kristalls umgeleitet. Warum glaubte sie immer noch, klein und schwach zu sein? Zu schwach, um herauszufinden, was Nikolas in dieser Welt *wirklich* wollte. Sie konnte es sofort herausfinden.

Taro berührte ihr Gesicht mit einer Hand und sagte mit freundlicher, doch warnender Stimme: »Lucy, wenn du das versuchst, werde ich mich zu wehren wissen.«

Konnte er das? Sie war doch mittlerweile fast so mächtig wie er. Und nach der Geschichte zu urteilen, die er ihr erzählt hatte, stammte sie von denselben mächtigen Göttern ab wie er. Sie konnte es. Und selbst, wenn er sich wehren würde, würde sie es schaffen. Sie brauchte nur einen kurzen Moment.

»Du wirst übermütig, Lucy«, sagte Taro ernst. »Lass es. Ich will dir nicht wehtun.«

Jetzt lachte sie. Ein diabolisches, herabwürdigendes Lachen. Taro sah sie erschrocken an. Was war mit ihr los? Sie war wie ausgewechselt. Wie ein anderer Mensch. Als sie dann aber aufstand und wild entschlossen anfing, an seiner mentalen Mauer zu rütteln, wurde es ihm klar. Sie hatte zwar ihre Glaubenssätze, die in Bezug auf Nikolas aus ihr herausgebrochen waren, akzeptiert, wodurch sie den Weg für ihren Aufstieg freigemacht hatte, doch hier kam ein ganz anderer Glaubenssatz zum Vorschein. Und ein Kampf, der so stark war wie Taros Hass auf die Welt. Sie spiegelte ihm gerade seine eigenen Kämpfe wieder. Und deshalb konnte er ihr nicht böse sein. Aber er musste sie aufhalten. Sie durfte nicht erfahren, worum es hier *wirklich* ging. Weshalb die Lumenier wirklich in ihrer Welt waren. Sie durfte nicht herausfinden, dass sie auf der Suche nach jemandem waren. Dass Nikolas, seit er hier war, ständig Ausschau nach einer Frau hielt und dass Taros verrückter Plan, die Schwingung der Welt mit Hilfe des Kristalls anzuheben, einem ganz anderen Ziel gegolten hatte. Sie durfte die Wahrheit noch nicht erfahren. Nicht jetzt. Mit der steigenden Energie in dieser Welt und ihrem momentanen Zustand hätte das fatale Folgen. Er musste sie beruhigen. Und zwar schnell. Bevor sie seine mentale Mauer wirklich einriss. Er würde ihrer Macht nicht lange standhalten können.

»Sich immer machtlos zu fühlen«, begann er, »ist ein fürchterliches Gefühl, ich weiß. Ich kenne es von Nikolas. Er hat sich als Kind auch immer machtlos gefühlt. Dem Leben und den Umständen völlig ausgeliefert. Und ich weiß, dass du dich dein Leben lang so gefühlt hast und dass du dieses Gefühl zutiefst gehasst und bekämpft hast.«

»Ich bin nicht mehr machtlos!«, entgegnete Lucy wütend und riss so heftig an Taros mentaler Mauer, dass er schon drauf und dran war, sie irgendwie außer Gefecht zu setzen.

»Ich weiß, Lucy! Jeder weiß das! Aber merkst du nicht, was gerade passiert? Du bekämpfst dieses Gefühl immer noch! Diesen alten Glauben, keine Macht über das Leben zu haben. Du bekämpfst ihn so sehr, dass er dich kontrolliert. Sieh dir deine Gefühle an und das, was du tust! Hast du noch irgendeine Kontrolle darüber?«

Lucy entspannte auf einmal ihre geballten Fäuste und spürte in sich hinein. In ihr kochte eine Wut, die ihr geradezu auf der Haut brannte. Die Wut auf den Glauben, machtlos zu sein. Ausgeliefert. Ohne Kontrolle. Plötzlich fiel ihr Nikolas ein. Er hatte sich damals, als sie mit ihm auf der Flucht im Zug nach Friedrichshafen gesessen hatte, genauso gefühlt. Machtlos und ausgeliefert. Diese Gefühle hatten ihn tief abstürzen lassen. Die Erinnerung daran ließ sie sofort innehalten. Hatte er ihr damals schon diesen Glaubenssatz gespiegelt? Dann fiel ihr Taro ein, wie er weinend vor diesem Pickup gesessen hatte und nichts gegen die Qualen dieser Welt hatte unternehmen können. Er hatte sich ebenfalls machtlos gefühlt und es sogar zu ihr gesagt. »Ich kann nicht«, waren seine Worte gewesen. Worte, die Lucy so gut kannte. *Ich kann nicht, ich darf nicht, ich bin zu schwach, zu klein, zu krank, zu…*

Wieder flammte die Wut in ihr auf. Sie hatte es satt, machtlos und schwach zu sein! Sie *konnte* seine mentale Mauer durchbrechen. Warum sollte sie es nicht tun?

»Lucy, du bist blind vor Wut! Komm zu dir!«, schrie Taro sie an.

»Warum sollte ich??«, schrie sie ihn an. »Ich war mein Leben lang klein und schwach und jetzt, wo ich es nicht mehr bin und diese Macht spüre und nutzen kann, *darf* ich es nicht? Wenn ihr mir nicht sagt, was los ist, werde ich es allein herausfinden! Und du wirst mich nicht aufhalten!«

In diesem Moment zerstörte sie seine mentale Mauer und verschaffte sich Zugriff auf seine Gedanken. Doch sie hatte keine Gelegenheit, etwas herauszufinden. Taro schoss mit einer solch starken Energiewelle auf sie, dass sie quer durch das Wohnzimmer flog. Doch sie schlug nirgends auf. Er ließ sie sicher in der Luft schweben, direkt über der Couch. Dort schwebte sie hinab, als sie langsam das Bewusstsein verlor.

»Tut mir leid, Süße«, hörte sie Taros Stimme. »Das konnte ich nicht zulassen.«

14

DIE ILLUSION DER TRENNUNG

Sie war die schönste Frau, die sie je gesehen hatte und sie konnte einfach nicht aufhören, sie anzustarren. Ihr seidiges, dunkles Haar ging ihr in großen, glänzenden Wellen bis zu den Schulterblättern und ihre hellbraunen Augen schimmerten wie Gold. Sie hatte dichte, dunkle Wimpern, die ihre großen Augen einrahmten wie ein pechschwarzer Lidstrich und ihre Haut war so makellos wie Porzellan. Hannah konnte ihr Alter nicht einschätzen. Sie hatte immer geglaubt, sie sei ungefähr in Marius' Alter, aber sie schien viel jünger als 40 zu sein. Zumindest sah sie so aus. Von ihrer Ausstrahlung her wirkte sie jedoch sehr viel älter und weiser. Sie strahlte eine unglaubliche Ruhe und Gelassenheit aus. Wie eine uralte Meisterin des Lebens, die alles gesehen hatte und die nichts mehr erschrecken konnte. Ihr Blick schien bis in die tiefsten und dunkelsten Ecken von Hannahs Seele vorzudringen und alles zu erhellen. Es lag ein solches Wissen darin, dass es ihr unheimlich war. Sie fühlte sich, als würde sie nackt vor ihr stehen, ohne ihre Masken, die sie in der Gegenwart von Menschen immer trug. Ihr selbstsicheres

Schauspiel, ihre Aufmüpfigkeit, ihr Protest, all das schien in der Gegenwart dieser Frau nicht mehr zu funktionieren. Es fiel geradezu von ihr ab wie Schmutz in einem monsunartigen Regenschauer. Sie hatte es kaum gewagt, in ihrer Gegenwart zu sprechen. Nicht aus Angst vor ihr, sondern aus Ehrfurcht und tiefer Bewunderung. Als Marion Karin sie aber mit ihrem liebevollen, herzerweichenden Lächeln in ihrem Haus – das so groß und prunkvoll wie ein Schloss war – willkommen hieß, war sie ein wenig aufgetaut und hatte ein langes Gespräch mit ihr in ihrer Bibliothek geführt. Jetzt starrte sie sie wieder an und konnte nicht fassen, dass sie nicht einmal eine Träne für Marius vergoss. Sie war völlig ruhig und erwiderte Hannahs erstaunten Blick mit einem verständnisvollen, sanften Lächeln.

»Bist du gar nicht traurig darüber?«, fragte Hannah fassungslos.

»Hannah«, sagte Marion sanft, »ich habe deinen Onkel sehr gern gehabt und die Nachricht, die du mir überbringst ist schrecklich, aber ich kann nicht traurig darüber sein. Verstehe mich bitte nicht falsch, meine Kleine. Es ist ein großer Verlust. Für dich und auch für mich. Aber ich kann so etwas wie Traurigkeit und Wut nicht fühlen. Das konnte ich noch nie.«

Hannah sah sie mit erschrockenen Augen an. Was war das für eine Frau, wenn sie keine Traurigkeit fühlen konnte? Hannah fühlte jeden Tag Traurigkeit. Und auch Schmerz und Wut. Manchmal sogar Hass. Und sie kannte niemanden, der diese Gefühle noch nie gespürt hatte. Was stimmte nicht mit ihr, dass sie solche Gefühle nicht haben konnte?

»Ich habe lange darüber nachgedacht, glaub mir«, sagte Marion. »Ich dachte auch schon, mit mir stimmt etwas nicht, dass ich diese Gefühle nicht empfinden kann.«

Hannah wich mit dem Kopf ein wenig zurück. Hatte sie gerade etwa ihre Gedanken gelesen?

»Aber mit mir ist alles in Ordnung. Ich betrachte die Dinge nur anders als andere Menschen.« Jetzt stand sie auf, streckte ihre Hand nach Hannah aus und bat sie mitzukommen.

Sie gingen durch einen langen Korridor, bis sie an eine große Flügeltür kamen. Marion öffnete sie und ließ Hannah einen Moment Zeit, die Halle zu bewundern, die sie nun betraten. Sie war rund und auf den ersten Blick konnte man meinen, es handele sich um einen großen Tanzsaal, aber es war eine Galerie. Von der Decke hing ein gigantischer Kronleuchter mit unzähligen funkelnden Kristallen und an den Wänden hingen die schönsten Gemälde, die Hannah je gesehen hatte. Melanie hatte ihr zwar zuvor schon ein paar Bilder von Marion gezeigt, aber das hier war einfach überwältigend! Die Bilder zeigten immer wieder eine Stadt aus den unterschiedlichsten Perspektiven. Mal bei Tag und mal bei Nacht. Mal war die Stadt in Nebel gehüllt, mal von Bäumen und Büschen und dann wieder von Wolken verdeckt. Und manchmal sah man nur ihr Panorama vom Meer aus. Doch auf jedem Bild handelte es sich um dieselbe Stadt. Das konnte man deutlich erkennen. Runde Zwiebeldächer, Kuppeln und Türme ragten in den Himmel und die Gebäude strahlten in den hellsten und schönsten Farbtönen. Man sah immer wieder prächtige Stadttore und manchmal konnte man auf einem dieser Tore das Wort »Lumenia« erkennen. Auf einem der Bilder sah man ein rundes Gebäude mit einer gewaltigen, gläsernen Kuppel, die in der Nacht leuchtete, wie eine Sonne und auf einem anderen war ein großer Gebäudekomplex zu erkennen, der halbmondförmig um einen großen Platz angelegt war. All diese Bilder strahlten so viel Liebe, Harmonie und Frieden aus. Hannah hatte das Bedürfnis, in die Bilder hineinzukriechen, um diese Stadt zu betreten und durch die honiggelben Straßen zu laufen. Sie hatte noch nie eine so schöne Fantasiestadt gesehen, die zudem auch noch so echt wirkte.

»Wenn ich auf dem Meer bin«, begann Marion gedankenverloren zu erzählen, »habe ich das Gefühl, dort zu sein. Ich fühle mich dann, als wäre ich zu Hause. In diesen Momenten spüre ich, dass ich mit allem verbunden bin. Mit dem Meer, mit der Sonne, mit meiner Yacht und meinem Haus und mit allen Menschen auf dieser Welt. Es gibt dann keine Trennung mehr. Als ich das erste Mal auf's Meer rausgefahren bin und dieses Erlebnis hatte, wurde mir klar, warum ich nicht traurig oder wütend sein konnte. Weil ich mich nicht getrennt fühlen kann. Ich bin mit Marius verbunden und das werde ich immer sein. Und so etwas wie der Tod kann uns nicht trennen. Und so ist es auch mit dir, Hannah. Du bist niemals von ihm getrennt. Er ist ein Teil von dir, sowie du ein Teil von ihm bist. Der Tod ist nichts Schlimmes. Er gaukelt uns nur eine Trennung vor, die nicht existiert.«

Als sich Marion zu Hannah umwandte, sah sie, dass ihr

Tränen über das Gesicht liefen. Sie nahm sie sofort in den Arm und drückte sie an sich. »Wenn du keine Trennung fühlen kannst, wirst du auch niemals Trauer oder Wut fühlen. Wenn du erkennst, dass Trennung in Wirklichkeit nicht existiert, wirst du frei von Schmerz sein. Ich weiß nicht, woher ich das so genau weiß, aber ich spüre es deutlich: Es ist nur eine Illusion. Und ich denke, wir sind hier und erleben dieses Leben mit all seinen Schmerzen, um das zu erkennen.«

Hannah krallte sich an Marion fest und fing so bitterlich an zu weinen, dass ihre Stimme von den Wänden der Galerie hallte. Doch sie weinte nicht nur vor Schmerzen, sondern auch vor Glück. Sie war so froh, dass sie hergekommen war und Marion gefunden hatte. Sie spürte so viel Wärme von ihr ausgehen und aus irgendeinem Grund wusste sie genau, dass sie recht hatte mit dem, was sie sagte. Sie wollte am liebsten für immer bei ihr bleiben und von ihr lernen, wie man sich mit allem verbunden fühlte.

»Das geht nicht, Hannah«, raunte Marion ihr ins Ohr. »Du hast eine Familie, die dich liebt und bei sich haben möchte.«

Hannah löste sich von ihr und sah sie mit ihren verweinten Augen erschrocken an. »Du liest meine Gedanken«, flüsterte sie erstaunt, »oder?«

Marion nickte langsam. »Ja. Ich kann es dir nicht erklären. Es war schon immer so. Ich meine… so lange ich mich erinnern kann.«

Hannah hatte von Marius erfahren, dass Marion an ihr früheres Leben keine Erinnerungen hatte. Er hatte ihr helfen wollen und war immer auf der Suche nach einem Kristall gewesen, der heilen konnte.

»Du weißt davon?«, fragte Marion überrascht.

Hannah nickte. »Marius hat es mir erzählt. Er hat mir viel anvertraut. Der Mann, von dem er den Kristall bekommen sollte, heißt Taro. Aber er hat ihn ihm nicht gegeben. Dann hat er versucht, ihn von Nikolas zu bekommen. Er ist der Bruder von Taro. Sie haben beide übersinnliche Kräfte. So wie du.«

Mit jedem Namen, den Hannah erwähnt hatte, war Marion zusammengezuckt. Sie bohrten sich wie brennende Pfeile direkt in ihr Herz und rüttelten an ihr, als wollten sie sie wecken. »Taro?«, flüsterte sie. Sie kannte diesen Namen. Irgendwoher kannte sie ihn. Und Nikolas... bei diesem Namen schlug ihr Herz ganz schnell.

»Ja«, sagte Hannah und zog wütend die Augenbrauen zusammen. »Ich glaube einer von den beiden hat Marius getötet, weil er diesen Kristall von ihnen haben wollte. Meine Eltern vermuten auch, dass er getötet wurde. Er hatte überhaupt keinen Grund, auf dieses Gebäude zu klettern. Und er war nicht so dumm, da auch noch hinunter zu fallen. Sein Körper war total zertrümmert.« Wieder kamen Hannah die Tränen.

Marion wischte Hannahs Gesicht trocken und hielt es dann sanft zwischen ihren warmen Händen fest, um ihren Kopf anzuheben und ihr in die Augen sehen zu können. »Hannah, das ist jetzt sehr wichtig. Hat er dir noch etwas von diesen Brüdern erzählt? Weißt du, wie sie mit Nachnamen heißen oder wie sie aussehen? Irgendetwas?«

Hannah sah sie überrascht an. Wollte sie sich etwa an den

beiden rächen?

»Rache ist etwas, das ich nicht empfinden kann, Hannah. Bitte sag mir irgendetwas«, flehte sie. Ihre Augen leuchteten und waren voller Hoffnung.

»Er hat mal erwähnt, dass sie ziemlich schön sind. Einer von ihnen hat stahlblaue Augen und der andere...«

In diesem Moment blitzte ein Bild in Marion auf. Ein Bild, das ihr durch alle Eingeweide zog und ein wildes Kribbeln in ihrem Bauch auslöste. Und nicht nur in ihrem Bauch, sondern in ihrem ganzen Körper. Sogar in ihrem Kopf. Sie sah einen jungen Mann mit himmelblauen Augen und dunklem, lockigem Haar. Sein Lächeln ließ ihr Herz aufgehen wie eine Blume. Und plötzlich kamen ihr die Tränen.

»Was ist denn?«, fragte Hannah erschrocken.

Marion holte tief Luft und hielt sich entsetzt eine Hand auf den Mund. »Dieser Junge...«, murmelte sie durch ihre Finger, »ich glaube, er ist... mein Sohn.«

15

GEFUNDEN

Ihr Bewusstsein schlug in ihm ein wie ein Blitz. Er hatte sie gespürt! Für einen kurzen Moment hatte er ihre Gegenwart wahrgenommen. Nach sechs Jahren fühlte er endlich wieder ihre göttliche Präsenz und sie erschütterte ihn so sehr, dass er die Kontrolle über den Wagen verlor und fast gegen die Leitplanke fuhr. Tränen schossen ihm in die Augen und verschleierten seinen Blick auf die Straße. Thomas schrie ihn an und deutete auf die Windschutzscheibe. Nikolas riss das Lenkrad herum und schaffte es gerade noch zurück auf die Spur.

»Meine Güte! Was ist los mit dir?«, fluchte Thomas. »Wir wären beinahe draufgegangen!«

Nikolas' Herz raste so schnell, dass er das Gefühl hatte, nicht schnell genug atmen zu können. Und immer noch standen ihm Tränen in den Augen.

»Alles okay?«, fragte Thomas. Als Nikolas aber nicht reagierte, sagte er: »Hör mal, wenn du jetzt schlapp machst, lass *mich* lieber fahren. Du solltest vielleicht mal ein bisschen schlafen, oder?«

Sie lebte! Er hatte es immer gewusst. *Jeder* Lumenier hatte es gewusst. Obwohl sie niemand mehr gespürt hatte, wusste jeder, dass sie noch irgendwo da draußen war. Sie waren seit sechs Jahren auf der Suche nach ihr. Sechs Jahre lang schickte Quidea schon Truppen in diese Welt, um sie zu finden. Seine Frau, die Königin von Lumenia und Nikolas' Mutter. Er hatte geahnt, dass er sie auf dieser Reise finden würde. Marion Karin, die Geliebte eines Mannes, den ER getötet hatte, war die verlorene Königin von Lumenia! Welch Ironie! Und doch sah er nun, wie sich alles zusammenfügte. Plötzlich erkannte er die Gründe, warum alles so kommen musste. Warum Marius an ihm geklebt hatte wie Teer und nie aus seinem und Lucys Leben verschwunden war. Er war seine direkte Verbindung zu ihr gewesen. Und er hätte sie vermutlich nie gefunden, wenn Thomas nicht aufgetaucht wäre. Wenn Hannah nicht fortgelaufen wäre. Wenn… er Marius nicht getötet hätte. Auf einmal wurde ihm wieder bewusst, dass alles seinen Sinn hatte. Dass es nichts gab, das ohne Grund geschah. Selbst sein Mord an Marius, für den er tiefe Schuld empfand, hatte einen tieferen Sinn. Auch wenn es makaber klang. Aber sein Tod hatte viele Entwicklungen ausgelöst. Wenn Hannah wirklich bei Marion war – wie sie sich jetzt nannte – war sie mit Sicherheit drauf und dran, eine der mächtigsten Götter dieser Welt zu werden. In ihrer Gegenwart musste jedes Lebewesen zu seiner göttlichen Größe erwachen, denn die Königin von Lumenia war nicht nur die älteste und weiseste, sondern auch die mächtigste Frau des ganzen Landes. Nur ein Blick in ihre Augen genügte und jede Maske zerfiel in ihre Bestandteile und brachte das unverfälschte göttliche Selbst zum Vorschein. Hannah würde gar nicht anders können, als bei ihr den Frieden zu finden, nach dem sie sich so sehr sehnte. Und auch diese Entwicklung würde weitere Auswirkungen haben. All die Ereignisse der letzten Jahre zogen weite Kreise und sie alle waren wichtig und sinnvoll gewesen. Denn sie führten ihn geradewegs zu seinem Ziel. Er konnte vor Aufregung kaum das Lenkrad festhalten. Seine Hände zitterten bei dem Gedanken, sie endlich wiederzusehen.

»Hey! Hörst du mich? DIE AUSFAHRT!«, rief Thomas zum zweiten Mal.

Nikolas sah das Schild und bog so schnell in die Ausfahrt ab, dass Thomas fast auf seinem Schoß landete. Er trat auf's Gaspedal und raste wie ein Irrer über die Straßen. Er konnte nicht mehr warten. Er musste sie sehen. Jetzt!

16

EIN FESTER BESCHLUSS

Lucy schreckte auf und fiel fast aus dem Bett ... und direkt in Taros Arme. Er hatte neben dem Bett gekniet und vermutlich gewartet bis sie aufwachte.

»Wo ist mein Handy?«, rief Lucy. Sie konnte im Moment an nichts Anderes denken als an Nikolas. Irgendetwas war mit ihm. Das spürte sie deutlich.

Taro nahm ihr Handy vom Nachtschrank und gab es ihr. Sie tippte sofort eine Nachricht hinein und schickte sie mit zitternden Händen ab. *Geht es dir gut?* Und dann wartete sie gebannt auf Antwort und sah dabei nicht ein einziges Mal auf. Als es piepste, las sie mit Erleichterung die Zeilen: *Alles bestens. War nur ein dummer Moment auf der Autobahn. Die Reise ist fast vorbei. Ich liebe dich.*

Lucy lachte vor Glück. »Er kommt bald nach Hause!«, rief sie glücklich.

Taro kniete immer noch vor ihrem Bett und lächelte. Dann fiel ihr plötzlich wieder ein, was geschehen war. Sie hatte die Kontrolle verloren. Irgendein alter Glaubenssatz war aus ihr herausgebrochen und hatte sie völlig durchdrehen lassen. Plötzlich kam sie sich so dumm vor. Wie hatte das passieren können? So sehr hatte sie sich doch noch nie gegen einen Glaubenssatz gewehrt. Und außerdem wusste sie doch, dass sie mit einem Kampf alles nur noch schlimmer machte.

»Es tut mir leid«, sagte sie und meinte es wirklich von Herzen. »Ich weiß nicht, was passiert ist.« Dabei sah sie Taro entschuldigend an.

»Das, was im Moment überall passiert«, erklärte Taro sanft. »Du bist durchgedreht. So wie wir alle.«

Lucy seufzte. »Danke, dass du mich ausgeknockt hast.«

Jetzt lachte Taro so herzlich, dass sie mitlachen musste. »Du *bedankst* dich?«, fragte er immer noch lachend. »Ich hatte schon erwartet, dass du mir eine scheuerst!«

Lucy winkte ab. »Du hast mir ja nicht wehgetan. Und außerdem... habe ich's verdient. Das war nicht nett von mir.«

Taro sah sie überrascht an und schüttelte leicht mit dem Kopf. »Den Glaubenssatz scheinst du ja schnell abgelegt zu haben.«

»Naja«, machte Lucy und grinste, »wenn man ohnmächtig ist, kämpft es sich nicht so gut.«

Taro lachte wieder und Lucy lachte mit. Sie waren auf einmal so ausgelassen und entspannt, dass Lucy gar nicht mitbekam, dass noch jemand im Raum stand. Erst, als sich jemand räusperte, wandte sich Lucy um.

»Miri!«, rief sie freudig aus.

Ihre beste Freundin stand mit verschränkten Armen an der Wand und beobachtete die beiden schmunzelnd. »Taro hat mich angerufen, als du ohnmächtig warst. Er hatte wohl ein schlechtes Gewissen.«

Taro stand jetzt auf und ging zur Tür. »Ich lasse euch Mädels mal 'ne Runde allein. Ich glaube, du brauchst eine Auszeit, Lucy.«

Sie lächelte ihn dankbar an und sah ihm glücklich nach, als er aus der Schlafzimmertür schritt, wobei er sich bücken musste. Als er dann um die Ecke ging, zwinkerte er ihr noch einmal zu. Dabei kribbelte es in Lucys Bauch so wild, dass sie nach Luft schnappen musste.

Wieder räusperte sich Miriam. »Das ist ja hier fast wie 'ne Seifenoper! Was passiert wohl in der nächsten Nacht… äh Episode?!«

Lucy boxte ihr neckend gegen die Schulter und lachte verlegen. »Es ist gar nichts passiert. Wir… mögen uns nur.«

»Das sehe ich. Und was sagt Nikolas dazu?«

Lucy wurde sofort wieder ernst und seufzte. »Er hat es kommen sehen. Alles. Und damit meine ich wirklich *alles*.«

Sie erzählte Miriam, was Taro ihr über Nikolas gesagt hatte und teilte ihr bei dieser Gelegenheit auch gleich mit, dass er ein großes Geheimnis hatte. Dass er nicht nur ihretwegen in dieser Welt war, sondern noch aus einem anderen Grund.

»Da ist bei mir ganz schön was aufgerissen«, erzählte Lucy. »Ich habe mich so unbedeutend gefühlt. So unwichtig. Aber das war nur ein alter Glaubenssatz, der aus mir herausgebrochen war. Taro hat mir geholfen, das zu erkennen.«

»Scheinbar brechen gerade überall die alten Glaubenssätze aus den Leuten heraus. Ich bin gestern durchgedreht, weil mich Hilar für einen kurzen Moment kaum beachtet hat. Er war irgendwie total abwesend und hat wahrscheinlich wieder irgendetwas gesehen. Die Zukunft, die Vergangenheit, was auch immer. Aber ich bin richtig ausgetickt. Das war echt verrückt.«

Lucy erzählte Miriam von Taros Zusammenbruch auf diesem Bauernhof, woraufhin Miriam vor Schreck der Mund offen stehen blieb.

»Mannomann«, murmelte sie staunend, »der Mann ist ne emotionale Bombe! Sowas Sensibles. Anscheinend drehen gerade wirklich alle durch. Meine Schwestern haben auch wieder ziemliche Ausraster. Und meinen Vater hättest du mal erleben sollen! Wenn das so weiter geht, springen sich noch alle an die Gurgel. Ich hätte nicht gedacht, dass die steigende Energie *solche* Auswirkungen hat!«

»Das hat sie ja nur, weil alle kämpfen. Die Gefühle, die Traumata und alten Glaubenssätze, die da hochkommen, fühlen sich ja nicht gerade angenehm an. Und deswegen bekämpft sie jeder. Wenn wir das nicht machen und einfach alles akzeptieren würden, gäbe es keine Probleme. Dann würde sich der ganze Müll auflösen und wir könnten wieder glücklich sein.«

»Wir sind solche Schafe!«, rief Miriam aus und hob verzweifelt die Arme. »Warum machen wir das? Wir sollten es doch eigentlich besser wissen. Wozu haben die uns das Spiel der Götter beigebracht, wenn wir es in den Situationen, in denen wir es am dringendsten nötig haben, nicht spielen?«

Lucy zuckte mit den Schultern und dachte an Nikolas. Sogar er trug momentan einen Kampf mit sich aus. Er fühlte sich schuldig für irgendetwas und wollte es wieder gutmachen. Genauso, wie er die Sache mit Marius wieder gutmachen wollte. Sie fragte sich, was es wohl war, was er sich von dieser Reise versprach. Sie hätte es so gern gewusst.

»Er wird es dir bestimmt erzählen, wenn er wieder da ist«, sagte Miriam aufheiternd. »Er hat bestimmt gute Gründe, warum er es dir nicht erzählt hat. Die hat er doch immer.«

Lucy nickte. Sie hatte recht. Sie hoffte nur, dass er auch *wirklich* zurückkommen würde. Er hatte zwar geschrieben, dass die Reise fast vorbei war, aber wenn er sah, was zwischen ihr und Taro war, würde er bestimmt…

Auf einmal griff Miriam nach Lucys Hand. Lucy sah ihr in die Augen, aber sie schien durch Lucy hindurch zu sehen. Ihr Blick ging ins Nichts. Genauso sah Nikolas immer aus, wenn er in die Zukunft sah. In diesem Moment sah Lucy Bilder in Miriams Kopf, die ihr ganz und gar nicht gefielen. Sie wurde vor Scham knallrot und riss sich von Miriams Hand los.

»Hör auf damit!«, rief Lucy. »Ich werde *nicht* mit Taro schlafen!«

Miriam sah Lucy erschrocken an. Sie hatte sich diese Bilder nicht ausgedacht. Manchmal entstanden einfach Bilder in ihr, welche die Zukunft zeigten. Sie hatte diese Fähigkeit jedoch noch nicht unter Kontrolle. »Schon gut«, sagte sie und hob beschwichtigend die Hände. »Ich habe ja schon mal gesehen, wie du Taro auf dem Tanz der Götter in den Armen liegst und das hat sich ja auch nicht bewahrheitet. Es sind wohl nur wahrscheinliche Realitäten. Hilar hat mir erklärt, dass es unzählige mögliche Realitäten gibt, also reg dich nicht auf.«

Das beruhigte Lucy jedoch nicht im geringsten. Gerade hatte sie noch über ihre Befürchtung nachgedacht, Nikolas würde nicht zu ihr zurückkommen, wenn er sah, was hier los war und einen Moment später sah Miriam eine Situation, welche genau diese Befürchtung wahrmachen würde.

Plötzlich erstarrte sie. »Verdammt«, sagte Lucy. Ihre Gedanken manifestierten sich bereits innerhalb von Sekunden. Wie hoch war die Energie bereits gestiegen?

Auch Miriam war sichtlich erschrocken und fluchte leise.

»Ich glaube, wir müssen jetzt wirklich auf unsere Gedanken aufpassen«, flüsterte sie, als könne etwas Schlimmes passieren, wenn sie zu laut sprach.

Lucy nickte. Sie hatte die ganze Sache bisher nicht besonders ernst genommen, wie es schien. Und sie hatte auch lange nicht mehr *wirklich* Euphoria gespielt. Ihre kleinen Akzeptanzspiele waren nicht genug. Sie musste sich jetzt kontrollieren, sonst erschuf sie sich noch eine Katastrophe.

»Das war's jetzt mit den Abstürzen«, sagte Miriam. »Ich glaube, noch einmal dürfen wir uns das nicht leisten. Wer weiß, was dann passiert?!«

Sie hatte recht. Wenn sie sich vorstellte, was sie sich hätte erschaffen können, als sie der letzte Glaubenssatz so aus der Bahn geworfen hatte, wurde ihr ganz anders. Sie hätte alle ihre Kräfte verlieren können, als sie gegen das Gefühl gekämpft hatte, machtlos zu sein.

»Schluss mit den Abstürzen«, bestätigte Lucy.

Die beiden Freundinnen gaben sich die Hand und

schworen sich, von jetzt an permanent Euphoria zu spielen. Ohne Unterbrechung.

»Keine Kämpfe mehr. Keine Absichten. Nur noch Glück«, sagte Miriam entschlossen. »Egal, was passiert.«

»Abgemacht«, bestätigte Lucy nickend. »Egal, was passiert.« Und sie hoffte zutiefst, dass Miriams Vision nicht dazu zählen würde.

Sie verbrachten fast die ganze Nacht damit, sich gegenseitig ihre Glaubenssätze zu erzählen und jeden einzelnen davon vollständig zu akzeptieren. Als sie keine Widerstände mehr in sich gespürt hatten, ließen sie völlig absichtslos die stärksten Glücksgefühle in sich entstehen und malten sich ein glückliches Ende dieser Situation aus. Und sie waren dabei so euphorisch, dass Taro – der im Wohnzimmer saß und in Gedanken mit der kleinen Mika sprach – immer wieder über ihr Gegacker lachen musste.

Bist du sicher?, fragte Taro die kleine Mika in Gedanken.

Mika lag in Majas Bett und streichelte ihrem Hund den Kopf, als sie Taro ein selbstsicheres *Natürlich!*, schickte. *Alles fügt sich jetzt zusammen. Ich habe dir doch gesagt, es wird alles gut!*

Was wäre wohl passiert, wenn ich dich verraten hätte, Mika?, fragte Taro und sah schmunzelnd die Stufen hinauf. Lucy schien einen Lachkrampf zu haben.

Es wäre ganz anders ausgegangen. Wenn sie erfahren hätten, dass ich schon seit Monaten hierher komme und Maja das Spiel der Götter beibringe, hätten sie mich nicht mehr her gelassen. Ich bin ein paar Mal fast aufgeflogen. Miriam hat öfter Verdacht geschöpft, weil Maja viel zu entspannt mit diesem ganzen

Lumenia-Thema umgeht. Sie kann nicht gut schauspielern. Mika lachte kurz und fuhr dann fort: *Aber es ist alles gut gegangen. Maja ist jetzt soweit und bald haben wir unsere Königin wieder.*

Taro seufzte und dachte an Lucy. Er konnte verstehen, dass ihr diese ganze Heimlichtuerei auf den Zeiger ging. Es gab in den letzten Wochen so viel Geheimniskrämerei, dass er kaum noch durchstieg. Dabei war Mikas Geheimnis wohl das größte von allen gewesen. Bis auf die Tatsache, dass ganz Lumenia auf der Suche nach seiner Königin war. Wie Mika es geschafft hatte, die ganze Zeit völlig unbemerkt diese Welt zu bereisen, war ihm immer noch ein Rätsel. Keiner der blauen Gardisten hatte ihre Portalsprünge mitbekommen. Er war der Einzige, der ihr Geheimnis kannte. Sie hatte von Anfang an gewusst, dass sie die Königin finden würden. Doch sie hatte die richtigen Ursachen setzen müssen. Deshalb brachte sie Maja, Miriams kleiner Schwester, schon seit Monaten Euphoria bei und trieb sie an, ihrer größten Leidenschaft zu folgen. Denn das, so sagte sie, würde uns alle letztendlich zu der verlorenen Königin von Lumenia führen. Wie, wann und warum, war ihr noch nicht ganz klar, denn alles, was die Königin betraf, war verschleiert. Sogar für Mika. Aber *dass* es so kommen würde, da war sie sich ganz sicher. Mittlerweile tat es ihm schrecklich leid, dass Lucy immer noch völlig im Dunkeln tappte.

Du kannst es ihr jetzt ruhig erzählen. Es kann nicht mehr viel schiefgehen, dachte Mika.

Welche Abweichungen könnte es noch geben?, fragte er sie.

Mika war einen Moment lang still und ging alle Realitäten

durch. *Es darf jetzt niemand etwas Dummes denken. Die Energie ist schon ziemlich hoch,* dachte Mika. *Und wir sollten alle bei Majas Auftritt dabei sein. Wenn er ausfallen sollte, sieht es nicht gut aus. Außerdem sollte Lucy unbedingt aufhören, sich gegen dich zu wehren. Wenn sie ihre Liebe zu dir nicht akzeptiert, wird sie die Beziehung mit Nikolas ruinieren und das wird er sehr früh sehen. Das kann alles kaputt machen.*

Taro holte tief Luft. *Noch etwas?*

Miriam muss ihren Schatten annehmen und ihren alten Glaubenssatz auflösen. Lucy bekommt das schon ganz gut hin. Sie akzeptiert gerade wie verrückt, stimmt's?

Taro lachte. *Mehr als das.*

Ich glaube, du solltest Alea zu ihr schicken, dachte Mika. *Sie wird den Schatten aus ihr herauskitzeln.*

Es ist noch eine Menge zu tun, dachte Taro schnaubend.

Aber wir schaffen es. Wir müssen nur dafür sorgen, dass alle aufwachen. Das ist doch ein Klacks für uns!

Wieder lachte Taro. *Ja,* dachte er, *eine Kleinigkeit.*

17

SPIELEN

»Gelbe Blumen«, sagte Lucy fröhlich und biss genüsslich von ihrem Apfel ab, als sie mit Miriam beim Frühstück saß. »Weihnachtsduft«, entgegnete Miriam grinsend. »Oh ja!«, rief Lucy aus. »Ähm, Tannenbäume! Prachtvoll geschmückt mit einem Haufen Geschenke drunter!« »Rote Spitzenunterwäsche!« Lucy kicherte. »Schwarze Spitzenunterwäsche.« »Sex!«, rief Miriam aus und streckte die Arme in die Luft, als wollte sie das Wort preisen.

Jetzt lachten sie beide, wobei ihnen fast das Essen aus dem Mund fiel. Sie zählten sich gegenseitig alles auf, was sie liebten, um ihre Glücksgefühle zu pushen. Und es funktionierte so wunderbar, dass sie schon ganz high vor Glück waren. Es gab so viel, was man lieben konnte. Man musste sich nur darauf konzentrieren; den Fokus anstatt auf das Negative einfach auf das Schöne im Leben richten. Es war so leicht, sich glücklich zu machen. Immer, wenn Lucy in diesem euphorischen Glückszustand war, fragte sie sich, warum sie das nicht die ganze Zeit machte. Es fühlte sich so gut an. Und von hier oben sah die Welt einfach ganz anders aus. Sie war voller Motivation und festem Glauben, dass alles gut werden würde. Es machte ihr nicht einmal mehr etwas aus, dass Nikolas Geheimnisse vor ihr gehabt hatte und nicht nur ihretwegen in ihre Welt zurückgekehrt war. Anscheinend hatte sie den Glaubenssatz – sie sei unbedeutend – mit ihrer Akzeptanz schon ins Nirvana geschickt. Sie konnte auch ohne Nikolas glücklich sein. Dass das möglich war, hatte sie zwar vom Kopf her immer gewusst, aber niemals gefühlt. Ihr Glück war nicht abhängig von ihm. Er hatte ihr das immer beibringen wollen. Aber erst jetzt hatte sie es wirklich verstanden. Wahrscheinlich musste es erst zu dieser Trennung kommen, ehe sie es begreifen konnte.

»Hilar! Hilar! Hilar!«, lachte Miriam und führte damit das Spiel weiter, das sie schon den ganzen Morgen spielten.

»Nikolas«, fügte Lucy verliebt hinzu.

Miriam hob die Augenbrauen. »Und?«

»Was *und*??«

»Du hast jemanden vergessen!«

Lucy stand sofort auf und stellte ihre Tasse beschäftigt in die Spüle.

»Du musst schon ehrlich sein. Deinem Herzen kannst du sowieso nichts vormachen. Also los! Raus damit!« Als sie aber nichts sagte, führte Miriam sie an: »T … A … R …«

»Schon gut. Taro«, sagte sie verlegen und klemmte sich das zerzauste Haar hinter's Ohr.

»Und was magst du so an ihm?«

»Hör auf!«, flüsterte Lucy. »Er hört doch bestimmt alles.

Er ist hier irgendwo.«

»Na und?«, entgegnete Miriam. Sie sah lustig aus mit ihrem langen, dunkelblonden Haar, das sich über Nacht in alle Richtungen gebogen hatte, ihrem leicht verschmierten Kajal und dem selbstsicheren Blick, der so typisch für sie war. Sie hatten dem Badezimmer heute noch keinen langen Besuch abgestattet und Lucy vermutete, dass sie wahrscheinlich nicht besser aussah, also verkniff sie sich ein Lachen. »Was macht das für einen Unterschied?«, fuhr Miriam schmunzelnd fort. Sie hatte ihre Gedanken natürlich mitbekommen. »Er weiß doch sowieso über alles Bescheid. Na los, sag schon. Ich weiß ja, was du an Nikolas so sehr liebst, aber was du an Taro findest, hast du mir noch nie gesagt.«

Lucy zögerte noch einen Moment und sagte dann leise: »Sein Lachen.« Sie spürte sofort ein so heftiges Glücksgefühl bei diesem Gedanken, dass ihr ganz schummerig wurde. »Ich habe ihn immer nur ernst gesehen und verbittert. Wahrscheinlich liegt es daran. Als ich ihn das erste Mal habe lachen sehen, ist mir fast das Herz zersprungen.«

Miriam bedeutete ihr mit einer Handbewegung und einem auffordernden Gesichtsausdruck, dass sie fortfahren sollte.

»Außerdem kann er so lieb sein. Aber ich mag auch seine harte, durchgreifende Art. Er lässt sich nichts gefallen und ändert einfach alles, was ihm nicht gefällt. Das bewundere ich an ihm. Er fügt sich nicht einfach, weißt du?!«

Miriam nickte verständnisvoll.

»Ihm kann nichts und niemand etwas anhaben. Naja, fast

nichts.« Sie dachte an seinen Zusammenbruch und hatte tiefes Mitgefühl mit ihm. »Er ist wie ich«, sagte sie schließlich und ließ die Details, wie seinen Körper, seine wunderschönen, warmen Augen, seine sinnlichen Lippen und die Art, wie er sich bewegte und… sie küsste, außen vor. Das hätte ihr jetzt zu sehr den Kopf verdreht.

In diesem Moment schwang die Küchentür auf und Taro kam zum Vorschein. Er lehnte im Türrahmen und sah Lucy so innig an, dass sie ganz schwach wurde und vor Verlegenheit fast das Atmen vergaß.

»Wusstest du«, sagte er, als sei es ganz selbstverständlich und völlig in Ordnung, Gespräche zu belauschen, »dass man das, was man an anderen Menschen liebt und bewundert, selbst in sich trägt?«

Lucy versuchte, ihre Verlegenheit zu überspielen und sagte: »Ich bin also in Wirklichkeit monströs groß, muskulös und ein Kerl?«

Miriam brach in schallendes Gelächter aus und hielt sich die Hände auf den Mund, als Taro in den Raum kam.

»Ich spreche von Schatten«, sagte er, musste aber selbst kurz lachen. »Apropos Schatten«, jetzt sah er Miriam an, »Alea wartet bei dir zu Hause auf dich, Miriam. Sie möchte etwas mit dir besprechen.«

Miriam hob grinsend die Hand. »Alles klar, schon kapiert«, sagte sie, zwinkerte Lucy zu und machte sich auf den Weg zum Bad.

Als sie nicht mehr zu hören war, fragte Lucy: »Was ist los? Warum muss Miriam gehen?«

Taro nahm Lucys Hand und zog sie sanft vom Stuhl hoch.

»Gar nichts. Alea wartet tatsächlich auf sie. Es ist wichtig, dass Miriam einen bestimmten Glaubenssatz ablegt.«

Lucy seufzte. »Werde ich je verstehen, was ihr hier für ein Spiel treibt?«

Gerade wollte er damit beginnen, ihr die ganze Wahrheit zu sagen, da schlug ein Gedanke in ihm ein. Nikolas. Taros Gesicht versteinerte geradezu und Tränen schossen ihm in die Augen. Er holte tief und zitternd Luft und sah Lucy auf einmal so erleichtert an, dass sogar ihr jede Anspannung aus dem Körper wich. *Ich habe sie,* hörte er immer wieder Nikolas' Stimme in seinem Kopf. *Ich habe sie gefunden.*

Lucy spürte seine Aufruhr. Sie hörte nicht, was in ihm vorging, aber sie spürte, dass er innerlich bebte vor Aufregung. Seine Lippen zitterten und er konnte nicht sprechen. Und als ihm eine Träne über die Wange rollte, nahm sie ihn fest in den Arm.

»Was ist los, Taro?«

Er sah die Bilder. Dieselben Bilder, die Nikolas in diesem Moment sah. Und sie berührten ihn so tief, dass er nichts Anderes mehr tun konnte, als sich an Lucy festzuhalten und die Gefühle herauszulassen, die ihn jetzt überwältigten.

18

Die Königin

Nikolas stand mit Thomas mitten in der Galerie. Sein Herz raste, als er die Gemälde betrachtete. Sie alle zeigten Lumenia. Er spürte, wie der Gedanke, den er gerade an Taro geschickt hatte, sie beide völlig überwältigte. *Ich habe sie. Ich habe sie gefunden!* Tränen standen ihm in den Augen. Tränen der Erleichterung. Und Tränen der Freude. Die Suche war vorbei.

»Ich dachte eigentlich, Sie wären auf der Suche nach Hannah«, sagte Melanie und blickte Nikolas irritiert an, der immer wieder versuchte, seine Tränen weg zu zwinkern. Atemlos blickte er auf das Gemälde, welches das ihm so bekannte Stadttor zeigte. Oben auf dem steinernen Bogen prangte der Stadtname »Lumenia«. Sein Herz schlug Purzelbäume. Er konnte sich kaum auf die an ihn gerichteten Worte konzentrieren.

»Ja, das waren wir auch«, sagte Thomas und sah ebenfalls Nikolas an. »Oder etwa nicht?«, fragte er dann wütend.

Nikolas reagierte immer noch nicht. Er wollte diesen Augenblick genießen. Diese Erleichterung und Freude darüber, dass die sechs Jahre andauernde Verzweiflung nun ein Ende gefunden hatte.

»Wie gesagt«, sagte Melanie irgendwann irritiert. »Marion und Hannah sind heute morgen sehr früh aufgebrochen. Marion bringt sie nach Hause. Ihr habt sie leider verpasst.«

Als Nikolas immer noch nicht reagierte, fragte sie ihn: »Kennen Sie Marion?«

Sie erhielt jedoch keine Antwort, sondern eine Gegenfrage: »Wie lange lebt sie schon hier?«

Thomas sah verstört von einem zum anderen. »Worum geht's hier eigentlich?«

»Etwa fünf Jahre«, entgegnete Melanie und sah dann Thomas an. Sie hatte ebenfalls keine Ahnung, worum es hier ging. Sie war davon ausgegangen, dass diese beiden Männer auf der Suche nach Hannah waren und nicht nach Marion – der Künstlerin, mit der sie seit einigen Jahren hier lebte. »Vorher hat sie in Deutschland gelebt«, fuhr sie fort. »Dort habe ich sie auch kennengelernt.« Sie beobachtete Nikolas, der immer noch glücklich die Gemälde betrachtete. »Sie wissen von ihrer... Sache?«

»Was für 'ne Sache?«, fragte Thomas und wirkte immer verstörter.

Nikolas hörte in ihren Gedanken, was sie meinte. Marion hatte ihr Gedächtnis verloren. Ihre Erinnerungen reichten nur etwa sechs Jahre zurück. Bis zu dem Zeitpunkt, an dem sie in dieser Welt gelandet war. Unfreiwillig. Endlich wurde ihm auch klar, warum sie all die Jahre niemand hatte finden können und warum sie niemand mehr gespürt hatte. Ihr Bewusstsein war durch den Verlust ihrer Erinnerungen verschleiert gewesen. Was musste sie nur für eine schlimme Zeit durchgemacht haben? Ganz allein in einer Welt, die sie nicht verstand, die sie womöglich zutiefst erschreckt hatte. Sie hatte sich hier zurechtfinden und sich ein Leben aufbauen müssen. Obwohl er sagen musste, dass sie das wunderbar gemeistert hatte, dachte er sich, als er sich umsah.

»Ja«, antwortete Nikolas. »Ich weiß über ihre... Sache Bescheid. Und ich kenne sie. Ihr richtiger Name«, sagte er und empfand tiefe Liebe und Ehrfurcht, als er die Worte aussprach, »ist Marin Riann Key. Wir sind seit sechs Jahren auf der Suche nach ihr.«

Melanie machte ein überraschtes Gesicht. »Oh mein Gott! Wir hatten die Hoffnung schon aufgegeben, dass sie jemals etwas über ihre wahre Identität herausfinden würde! Sind Sie sicher, dass sie sie kennen?«, hakte sie noch einmal nach.

»Ich will nicht, dass sie enttäuscht wird. Sie hat so verzweifelt versucht, sich zu erinnern.«

Nikolas lächelte voll fester Überzeugung. »Hundertprozentig sicher! Ohne jeden Zweifel.«

»Moment«, sagte Melanie und lief schnell aus dem Raum, kam aber rasch wieder zurück. Sie hatte ein eingerahmtes Foto in den Händen und reichte es Nikolas. »Das ist sie. Erkennen Sie sie?«

Nikolas nahm das Foto in die Hand und nun konnte er die Tränen nicht mehr zurückhalten. Sie liefen ihm heiß über das Gesicht. Seine Mutter war darauf zu sehen. Es war eindeutig seine Mutter! Sie sah ein wenig verändert aus. Ihre Haare waren anders und natürlich trug sie andere Kleidung. Er kannte sie nur in Lumenischen Kleidern. Aber sie war es. Sie stand auf einer Yacht vor einer Staffelei. Er erkannte sofort ihre typische, selbstsichere Pose und ihr Lächeln. Sie sah glücklich aus. Sehr glücklich.

»Oh«, kommentierte Melanie seine Tränen. »Das sagt wohl alles. Mein Gott, ich bin so froh, dass Sie sie gefunden haben!«

Thomas blickte die beiden mit großen Augen an. »Moment mal! Haben wir hier meine Nichte gesucht oder diese Frau?«

Nikolas nahm einen tiefen Atemzug. Und dann kehrte die Gelassenheit zurück, die er in den letzten Tagen und Wochen vermisst hatte. Die Gelassenheit, die ihn ausmachte. Ruhe und Frieden breiteten sich in ihm aus. Er wusste nicht, ob es an der Präsenz seiner Mutter lag, die überall in diesem Gebäude zu spüren war oder daran, dass er einfach erneut erkannt hatte, wie sich alles zusammenfügte wie ein Puzzle. Aber er war endlich wieder er selbst. »Du wirst erkennen, Thomas«, sagte er nun mit ruhiger Stimme, »dass alles miteinander verwoben ist und sich so fügt, wie es am besten zu einer jeden Entwicklung passt. Das Verschwinden deiner Nichte war gleichzeitig der Weg zu meinem Ziel und die Unterstützung für Hannah, die sie in dieser Zeit mehr als alles Andere braucht. Sie wird ein anderer Mensch sein, wenn du sie wiedersiehst. Das kann ich dir versprechen. Es wird nichts mehr so sein, wie es war.« Und damit meinte er nicht nur Hannah, sondern auch sich selbst, sein Leben, das Leben der Lumenier und die Entwicklung der ganzen Welt. Alle Ereignisse führten zu einem gemeinsamen Ziel. Spitzten sich immer mehr zu und würden bald in etwas münden, das er jetzt noch nicht sehen konnte. Aber es ging Großes vor sich. Dass er kurz davor war, die Königin von Lumenia nach Hause zu bringen, war nur ein Teil der riesigen Ereigniskette, die sich gerade weltweit vollzog. Ein großer Teil zwar, aber dennoch nur ein Rädchen in dem riesigen Uhrwerk des Lebens. Und sie würden alle schon bald erfahren, worauf das alles hinaus lief. Die Welt wandelte sich. Und sie wandelte sich schnell.

»Darf ich fragen«, fragte Melanie dann, »in welcher Beziehung Sie zu Marion... oh, ich bitte um Entschuldigung, *Marin* stehen?«

»Sie ist meine Mutter«, sagte Nikolas gefühlvoll.

Thomas fiel aus allen Wolken. »Wie bitte?!«

Melanie kamen jetzt ebenfalls die Tränen. »Oh, ich kann mir kaum vorstellen, was in ihr vorgehen wird, wenn sie Sie wiedersieht«, sagte sie. »Ich hoffe, dass dann alle Erinnerungen zurückkommen.«

»Moment«, warf Thomas wieder ein. »Also du suchst seit 6 Jahren nach deiner Mutter? Und sie war die ganze Zeit hier in Frankreich? Ohne Erinnerungen?«

Beide nickten.

»Und wie hat sie ihre Erinnerungen verloren?«, fragte Thomas weiter.

Melanie erzählte: »Sie ist am Ufer eines Flusses gefunden worden. Sie war verletzt gewesen und man hat sie in ein Krankenhaus gebracht. Ihre Erinnerungen reichen nur bis zu diesem Moment, als sie an dem Fluss aufgewacht ist.«

Nikolas lauschte mitfühlend ihren Erzählungen. Er fragte sich, wie sie bloß in dieser Welt zurechtgekommen war. Es musste ein Schock für sie gewesen sein, all die negativen

Schwingungen zu fühlen und die Menschen... Mein Gott, die Menschen...»Ähm«, machte Nikolas und versuchte, die Frage, die ihm im Kopf herum geisterte, möglichst so zu formulieren, dass sie nicht völlig verrückt klang,»wie... ist sie mit den Menschen zurechtgekommen? Hatte sie... große Schwierigkeiten?«

Thomas sah ihn entrückt an.»Wieso? Ist sie einer Anstalt entflohen, oder was?«

Melanie hingegen wirkte überhaupt nicht überrascht, als sie diese Frage hörte.»Sie... ist etwas Besonderes«, sagte sie wissend.»Etwas sehr Besonderes. Das wissen Sie, wie ich sehe. Es gab ein paar Schwierigkeiten. Aber sie hat sie gemeistert.«

Nikolas ließ erleichtert die Schultern sinken.

»Okay, können wir dann jetzt losfahren?«, drängelte Thomas.»Ich will keine Zeit mehr verlieren. Merkwürdig genug, dass deine Mutter, die du seit 6 Jahren suchst, ausgerechnet mit dem Mann eine Beziehung hatte, den *du* umgebracht hast!«

Melanie erschrak.»Wie bitte?«

Nikolas seufzte.

»Umgebracht?«, fragte Melanie entsetzt.

»Ja, er hat ihn umgebracht! Und dann ist meine Nichte hierher gefahren, um diese Marin zu finden. Merkwürdige Zufälle, findest du nicht, Nik?«, sagte Thomas vorwurfsvoll.»Da steckt doch noch viel mehr dahinter, als du hier erzählst.«

»Vielen Dank für Ihre Hilfe«, sagte Nikolas zu Melanie, gab ihr die Hand und ging dann in Richtung Ausgang. Er ignorierte Thomas einfach. Er war einfach zu glücklich, um sich jetzt in sein persönliches Drama ziehen zu lassen. Er würde schon bald seine Mutter wiedersehen. Und das versetzte ihn in ein unerschütterliches Hochgefühl.

Doch gerade als Nikolas durch die offene Tür schreiten wollte, schlug diese vor seiner Nase wie von allein zu. Er blieb stehen und wandte sich um. Melanie stand mit einem ausgestreckten Arm da und blickte Nikolas entschlossen an. Hatte sie die Tür gerade zufallen lassen? Besaß sie übersinnliche Kräfte?

»Ich habe die letzten 6 Jahre damit verbracht, Marion zu beschützen«, sagte Melanie mit fester Stimme. »Vor Menschen, die ihre Kräfte ausnutzen wollten.«

Nikolas kam näher.

»Ich lasse nicht zu, dass ihr jemand etwas antut. Schon gar nicht ein zweitklassiger Schauspieler, der vorgibt, ihr Sohn zu sein!«

Na prima, dachte Nikolas. Thomas hatte es geschafft, sie völlig zu verwirren mit seiner Anschuldigung. Nikolas hob beschwichtigend die Arme. »Ich habe die Wahrheit gesagt«, versicherte er ihr.

Doch in diesem Moment schoss bereits ein Gegenstand auf ihn zu. Es war eine Vase. Nikolas reagierte schnell. Er ließ die Vase in der Luft zu Staub zerfallen. Glitzernder Porzellanstaub rieselte zu Boden, woraufhin Thomas ein erschrockenes und doch fasziniertes »Ach du Schei...« ausstieß und Melanie nur noch wütender schien.

»Du bist einer von ihnen!«, schrie sie wutentbrannt und holte bereits zum nächsten Schlag aus. An der Wand hingen einige antike Speere, die wohl aus einem Museum stammten. Melanie löste sie mit ihren Gedanken aus der Halterung und ließ sie wie Geschosse auf Nikolas zu rasen. Doch auch diese wehrte er gekonnt ab, indem er einfach mit der Hand durch die Luft wischte und ihre Richtung damit änderte. Sie schossen jetzt auf Melanie zu. Und sie waren so schnell, dass Melanie nicht reagieren konnte. Sie riss die Arme hoch, doch die Speere hielten direkt vor ihrer Nase an und schwebten in der Luft. Sie blickte erschrocken die Speerspitzen an.

»Du hast also übersinnliche Fähigkeiten«, sagte Nikolas, als er auf sie zu kam. Er war überrascht. Doch er vermutete, dass Melanie in Gegenwart seiner Mutter offenbar erwacht war. So wie Miriam in Lucys Gegenwart erwacht war. Und wie Phils Frau, Luisa, durch Nikolas geweckt worden war.

Melanie versuchte, die Speere ebenfalls zu Staub zerfallen zu lassen, doch Nikolas blockierte diesen Versuch. Das spürte sie. »Wie... machst du das?«, fragte sie ängstlich. »Du blockierst...«

»Das können alle Lumenier«, unterbrach er sie.

Sie riss die Augen auf. »Lumenier?«

Nikolas ließ jetzt die Speere fallen. »Ja«, sagte er. »Ich will ihr nichts antun. Ich will sie nach Hause holen. Nach Lumenia. Und jetzt erzähl mir, wer hinter ihr her ist«, verlangte er und versuchte dabei, seine Wut über die Tatsache, dass seine Mutter offenbar verfolgt wurde, möglichst unter Kontrolle zu halten. Doch er bebte innerlich. Und das sah Melanie ihm an. Und endlich schien sie ihm nun doch Glauben zu schenken.

18

Schatten

Alea war einfach die tollste Frau dieser Welt! Miriam empfand tiefe Bewunderung für sie. Ihre Schönheit, ihre Erhabenheit und die Art wie sie sprach und sich bewegte – sie war einfach die pure Perfektion. Sie konnte sich kaum vorstellen, wie es war, so voller Selbstbewusstsein und Selbstliebe zu sein wie sie. Wahrscheinlich bewunderte sie sich auch selbst. Würde man nicht jeden Tag vor dem Spiegel stehen, um sich verliebte Blicke zuwerfen, wenn man Alea Marina Kaar hieß?

Alea stellte die Teetasse ab und sah Miriam amüsiert an.

Sogar ihre Mimik war perfekt, dachte Miriam. Perfekte Lippen, perfekte Augen... Sicherlich bekam sie haufenweise unmoralische Angebote und reichlich Heiratsanträge. Sie war bestimmt ein Star in Lumenia. Von allen Seiten bewundert.

Alea lachte. »Okay, halten wir fest: Du hältst mich für perfekt.«

Miriam schlürfte verlegen an ihrem Tee. *Nicht nur das*, dachte sie. Sie wünschte sich insgeheim, so zu sein wie sie. Aber welche Frau wünschte sich das nicht?

»Hast du schon mal darüber nachgedacht«, begann Alea,

»dass ich nur dein Spiegelbild bin, Miri?«

Miriam verschluckte sich fast an ihrem Tee. Machte sie Scherze?

»Nein, ich meine es ernst. Die ganze Welt ist nur dazu da, dir das zu spiegeln, was du *bist*. Sie ist eine Projektionsfläche deiner Selbst. Alles, was du bist, zeigt sich auf dieser Projektionsfläche als eine materiell erlebbare Realität. Sie ist zu nichts Anderem da, als dir die Möglichkeit zu bieten, *dich* erleben zu können. Du kannst dich in dieser Realität anfassen, du kannst dich sehen und hören, weil alles, was du bist in der Realität zu einer erlebbaren Form wird.«

Miriam lauschte gespannt ihren Worten. Sollte wirklich alles, was sie sah, ein Spiegel von ihr sein? Sogar *sie*?

»Ganz besonders ich«, antwortete Alea auf ihre Gedanken. »Alles, was dich auf dieser Welt oder besonders an Menschen fasziniert und begeistert und alles, was du bewunderst, ist ein Teil von dir selbst. Ein Teil, der in dir verborgen liegt und den du bisher noch nicht erkannt und ausgelebt hast. Maja? Komm mal rein.«

Miriam zuckte zusammen, als Alea nach Maja rief. Ihre kleine Schwester hatte offenbar an der Tür gestanden und gelauscht, was Alea natürlich mitbekommen hatte. Sie machte ein schuldbewusstes Gesicht, als sie zögerlich in den Raum schlich.

»Mika auch!«, rief Alea.

Jetzt kam auch Mika herein. Zusammen mit dem riesigen, schneeweißen Hund. Alea gab Maja freundlich die Hand und stellte sich vor. »Wir haben uns noch nicht gesehen. Ich bin Alea, Mikas Tante. Du kannst mir bei einer Sache kurz helfen, Maja. Du empfindest sehr große Liebe für einen bestimmten Menschen, stimmt's?«

Sofort brach sichtbar die Begeisterung aus Maja heraus. Ihre Augen begannen zu leuchten und ihr Gesicht strahlte wie die aufgehende Sonne. Sie nickte energisch und Miriam sah schon einen großen Vortrag über Michael Jackson kommen.

»Was begeistert dich am allermeisten an diesem Menschen?«, fragte Alea.

»Wie er tanzt!«, stieß Maja sofort aus. »Und was er dabei fühlt«, sie hielt kurz inne, »gefühlt hat, meine ich. Da war immer so viel Kraft in allem, was er getan hat. In seiner Musik, in seinem Tanz. Ich kann das richtig fühlen. Es kommt aus seinen Liedern heraus und aus seinen Bewegungen. So viel Energie und…«

»Leidenschaft«, ergänzte Alea.

»Genau!«

»Und was tust du selbst am liebsten? Was magst du am allermeisten auf der Welt und was kannst du auch besonders gut?«

»Tanzen«, sagte Maja etwas verlegen.

»Und wie sie das kann!!«, fügte Mika begeistert hinzu.

Alea drehte sich wieder zu Miriam um und sah sie bedeutsam an. »Weißt du, was ich meine?«

Miriam nickte. Das, was Maja am allermeisten begeisterte, hatte sie selbst in sich. Nur mit dem Unterschied, dass sie es auch auslebte.

»Das kannst du auch«, sagte Alea. »Alles, was dich an mir begeistert, kannst du selbst aus dir herauslassen. Es ist in dir und wirft einen Schatten auf deine Realität. Mich. Dieser Schatten wird dir immer wieder vor Augen geführt, um dir zu zeigen, was da in dir im Verborgenen liegt. Du musst es nur ans Tageslicht lassen.«

»Und wie mache ich das?«, fragte Miriam interessiert.

»Euphoria«, sagte Alea lächelnd. »Akzeptiere alle deine Gefühle, lasse alle Absichten los und stell dir vor, wie du wärst, wenn das alles dein wäre.« Sie deutete mit beiden Händen auf sich selbst und fügte noch hinzu: »Wie und wer wärst du, wenn du das alles ausleben würdest?«

Miriam senkte den Blick und überlegte. Wie wäre sie, wenn sie das, was sie an Alea so sehr faszinierte, selbst ausleben würde? Sie wäre selbstbewusst. *Echt* selbstbewusst und nicht gespielt. Sie würde sich selbst lieben, achten und respektieren. Sie sah sich selbst durch die Straßen laufen mit diesem unglaublichen Stolz und dieser Erhabenheit. Diesem Gefühl göttlich zu sein, aufregend, interessant, wertvoll, wichtig, bewundernswert. Auf einmal fiel ihr ein, wie viele negative Glaubenssätze sie noch in sich verankert hatte. Aber das war ihr jetzt egal. Ihre Fantasie fühlte sich gerade so gut an.

»Gut so«, sagte Alea. »Weiter.«

Sie betrachtete sich selbst als den wertvollsten und wichtigsten Menschen in ihrem Leben. Sie machte es von niemandem abhängig, sich wertvoll zu fühlen, denn dieses Gefühl kam nicht von außen, sondern tief von ihr drinnen. Sie bewunderte sich. Ja, tatsächlich! Sie empfand Bewunderung für ihre Liebenswürdigkeit, für ihr Mitgefühl, für ihr Verständnis und für alles, was sie ausmachte. Sie liebte sich! Nicht, weil sie so toll war, sondern einfach, weil sie existierte. Ihre Existenz war der Mittelpunkt ihres Seins. Und das fühlte sich unglaublich gut an.

»Du weißt ja, wie man alte Glaubenssätze umprogrammiert«, erwähnte Alea nebenbei. »Einfach immer absichtslos das neue Programm abspielen und genießen und das alte akzeptieren, bis es sich aufgelöst hat. Es ist ganz einfach.«

Miriam hob fast ab vor Glück. Alea hatte ihr mal wieder einen solchen Glückspush verpasst, dass sie gerade auf Wolken schwebte. Maja und Mika blickten sie mit strahlenden Gesichtern an und schienen diese Gefühle mit ihr gemeinsam zu genießen. »Und ich dachte immer, Schatten wären etwas Negatives«, meinte Miriam.

»Die gibt es«, erwiderte Alea. »Genauso wie du etwas lieben und bewundern kannst, kannst du auch etwas ablehnen und hassen, nicht wahr? Das Verhalten von manchen Menschen, das, was sie tun, sagen, denken, fühlen... Wenn dich das auf die Palme bringt, sind das ebenfalls Schatten. Negative Schatten. Sie haben genauso etwas mit dir zu tun wie die positiven. Alles, was in dir eine Resonanz erzeugt, also worauf du mit Gefühlen reagierst, hat etwas mit dir zu tun.«

Miriam dachte sofort an ihren Exfreund Mark, den sie mittlerweile verabscheute und abgrundtief hasste, weil er nur mit ihr zusammen gewesen war, um von ihr bewundert zu werden. Und plötzlich schlug sie hart auf dem Boden der Tatsachen auf. Er war ein Schatten!! Ihr lebenslanger Wunsch nach Anerkennung und Bewunderung hatte einen

Schatten geworfen und *ihn* angezogen, der ihr deutlich gespiegelt hatte, was in ihr war. Sie hatte sich selbst abgelehnt und ein Spiegelbild von sich angezogen. Alea hatte recht. Sie fragte sich gerade, was das wohl für ein Schattenspiel war, das sich da zwischen Alea, Taro und Lucy abspielte, verwarf den Gedanken jedoch sofort wieder, um sie nicht zu verletzen. Sie wusste, dass Alea in Taro verliebt war.

Doch anstatt ein trauriges Gesicht zu machen, wie es *normal* gewesen wäre, lächelte Alea. Und als Miriam sie dabei erschrocken ansah, lachte sie sogar.

»Was da zwischen den beiden abläuft, ist in Ordnung, glaub mir. Sie leben gerade ebenfalls ihre Schatten aus. Schatten müssen angenommen und akzeptiert werden, damit sie sich im Außen auflösen können. Sie müssen nicht immer ausgelebt werden«, sagte sie und seufzte, »aber, wenn sie das jetzt nicht tun, wird es diese Schatten immer geben und sie werden immer stärker werden. Irgendwann können sie ihnen nicht mehr standhalten und sie brechen aus ihnen heraus. Dann passieren solche Ausrutscher wie Seitensprünge. Das wäre viel unangenehmer, wenn sie und Nikolas jetzt schon verheiratet und Taro und ich ein Paar wären. Besser sie klären es jetzt, akzeptieren ihre Schatten und lösen sie auf. Dann kleben sie auch nicht mehr so aneinander wie jetzt«, sagte sie und lachte.

Miriam sah sie immer noch erschrocken an. Tat es ihr gar nicht weh, dass Taro mit Lucy ... womöglich ...

Alea sah Mika und Maja an, die das Gespräch voller Neugier verfolgt hatten. Doch jetzt schickte sie sie hinaus.

»Das ist nichts für Kinderohren«, sagte sie und deutete auf die Tür.

»Ich bin kein Kind mehr! Außerdem kriege ich doch sowieso alles mit!«, rief Mika und stemmte trotzig die Fäuste in die Hüften.

»Werd' nicht frech. Und ob du ein Kind bist. Ohren zu und raus!«

Miriam schluckte. Alea konnte wirklich streng und furchteinflößend sein. Obwohl sie mit ganz ruhiger Stimme gesprochen hatte, hatten die Mädchen ohne zu zögern sofort den Raum verlassen.

»Nein, es tut mir nicht weh«, sagte sie. »Das hat es, vor einer Weile. Aber das lag wie immer nur daran, dass ich dagegen angekämpft hatte. Ich wollte es nicht wahrhaben. Als Taro mich immer wieder so kalt abgewiesen hat, weil er davon ausgegangen war, dass er bei seinem verrückten Plan sterben würde, war ich verletzt, weil ich nicht wusste, aus welchem Grund er das tat. Aber ich wusste, dass es einen Grund geben musste, also habe ich es akzeptiert. Ich wusste ja trotzdem, dass er mich liebte. Und das tut er immer noch. Jetzt, wo er seine Gedanken und Gefühle nicht mehr vor mir verbirgt und mir vollkommen bewusst ist, was vor sich geht, kann ich weder verletzt noch wütend oder eifersüchtig sein. Wenn sie miteinander schlafen, dann ist es okay.«

Miriam entgleisten die Gesichtszüge. Wie konnte sie so etwas sagen? Wenn sie sich auch nur vorstellte, wie Hilar mit einer anderen… dann drehte sie schon völlig durch.

»Weil du glaubst, dass es ein Bruch eurer Liebe wäre. Aber das wäre es nicht. Wenn, dann würde es Hilar lange vorher kommen sehen und die Gründe erforschen und eventuelle Schatten auflösen, um es zu vermeiden. Seitensprünge oder Betrug funktionieren bei uns nicht. Das ist auch ganz klar, weil wir immer die Gedanken, Gefühle und Leidenschaften des anderen kennen und Ursachen beheben, bevor sie verletzende Folgen haben. Wenn wir lieben, dann vollständig. Aber Taro hatte vorher keine Möglichkeit gehabt, irgendwelche Ursachen zu beheben. Er hatte bereits mit seinem Leben abgeschlossen. Er ist erst jetzt dabei, die Schatten aufzulösen, die Lucy ihm spiegelt und die ihn so sehr faszinieren, dass er nicht von ihr lassen kann. Genauso wie Lucy. Und da ich das alles weiß und Nikolas ebenfalls alle Hintergründe kennt, können wir nicht dagegen kämpfen. Nikolas hat es versucht. Aber er musste einsehen, dass es sinnlos war. So wie jeder Kampf sinnlos ist.«

Miriam war überrascht, dass Alea scheinbar so gut damit umgehen konnte. Doch sie sah trotzdem immer wieder in ihren Gedanken, wie sie sich auf Taro konzentrierte, um zu sehen, was er gerade tat. Denn, obwohl sie alles, was zwischen ihm und Lucy geschehen würde, akzeptierte, wollte sie wohl trotzdem gern wissen, *was* da passierte. Miriam hoffte nur, dass nicht plötzlich irgendetwas aus ihr herausbrach, wenn sie mitbekam, wie die beiden intim wurden. So wie es gerade bei allen Menschen in dieser Welt geschah. Denn, wenn Taro nicht davor gefeit war, war es Alea wohl auch nicht.

19

Die Wahrheit

»**W**arum habt ihr mir das nicht erzählt?«, fragte Lucy empört.

»Es war jedem Lumenier verboten, auch nur ein Wort darüber zu verlieren, um der Sache nicht unnötig Energie zu schenken«, erklärte Taro.

»Und das Verschwinden der Königin ist der Grund, warum die Energie bei euch seit Jahren abfällt?«

»Es ist *ein* Grund. Seit sie vor sechs Jahren verschwunden ist, geht es steil bergab. Die Lumenier sehen in ihr mehr als eine Königin. Und das ist sie auch. Du kannst dir nicht vorstellen, welche Macht sie besitzt, Lucy. Wie alt und weise sie ist. Mit ihr ist damals ein großer Teil von Lumenia verloren gegangen, von der Schwingung und der Euphorie des Landes. Sie hat alles aufrechterhalten. Wo sie auch war, ist die Schwingung angestiegen. Die Menschen haben sie nicht nur geliebt, sondern verehrt. Sie ist eine der letzten wahren Götter von Lumenia. Die Geschichte, die ich dir erzählt habe, von den alten Göttern...«

Lucy nickte gebannt.

»Marin Riann Key ist eine der verbliebenen uralten Götter. Sie hat nie ihre wahre Macht verloren, ist nie abgesunken. Sie war unsere Hoffnung auf bessere Zeiten. Mit ihr hätten wir wieder unser goldenes Zeitalter erreicht und wir waren auf dem besten Weg dorthin. Doch dann...«

Lucy setzte sich zu ihm auf die Couch und wartete ungeduldig darauf, dass er weiter erzählte. »Was? Was ist dann passiert?«, fragte sie.

Taro seufzte. »Nikolas. Er hatte die Kontrolle verloren und sie hatte ihn retten wollen. Es war schlimm. Sehr schlimm. Sein Schmerz über den Verlust seiner Eltern hatte ihn eingeholt und sie hatte sich in dem Moment so sehr mit ihm verbunden, dass sie mit ihm abgestürzt war. Wenn du glaubst, dass du empathisch bist, Lucy, dann hast du meine Mutter noch nicht erlebt. Sie hatte ihm ihre ganze Kraft gegeben und nicht rechtzeitig aus seinen Emotionen herausgefunden. Innerhalb von Sekunden war sie aus dem Land gerissen worden.«

Lucy sah ihn fassungslos an. »Oh mein Gott«, flüsterte sie. »Und jetzt fühlt sich Nikolas schuldig.«

Taro lachte leise. »Das ist die Untertreibung des Jahrhunderts. Ihn wieder einigermaßen stabil zu kriegen, war ein unmenschlicher Kraftakt. Du kannst dir sicher vorstellen, welche Sorgen sich nicht nur er gemacht hat, sondern *alle* Lumenier, als sie mitbekommen hatten, dass ihre Königin in *diese* Welt abgestürzt ist. Und als dann auch noch die Energie des Landes sank, wurde er fast wahnsinnig vor Schuldgefühlen. Er hatte sich zwar die meiste Zeit unter Kontrolle. Aber der energiesichere Raum war lange nur für ihn eingerichtet gewesen.«

Plötzlich wurden Lucy so viele Dinge klar. »Als du ihn aus dem Land haben wolltest«, sagte sie, »da hast du ihn mit dieser Sache konfrontiert, oder? In dem Kuppelgebäude. Er hat auf dich gefeuert und den Kristall getroffen.«

Taro nickte. »Und dieser traf dann dich.«

Lucy wurden auf einmal die Zusammenhänge klar. Sie wäre Nikolas nie begegnet, wenn all das nicht passiert wäre. Sollte sie es letztendlich gut finden, dass Lumenia seine Königin verloren hatte?

»Es hat alles seinen Sinn, Lucy. Nichts passiert grundlos.«

Sie starrte eine Weile nachdenklich aus dem Fenster und ließ all die Ereignisse in den letzten Monaten noch einmal Revue passieren. Alles, was passiert war, hatte sie genau hierher gebracht. Und alles war letztendlich sinnvoll gewesen. Sie hatte entweder etwas Wichtiges aus den Ereignissen gelernt oder war zu etwas hingeführt worden, das zu ihrem Glück beitrug. Es gab tatsächlich nichts, dass sie ausschließlich als schlecht betrachten konnte. Sogar Marius war wichtig gewesen. Er war die direkte Verbindung zu der Königin von Lumenia gewesen. Es war unglaublich, wie das alles zusammenhing. Wenn Nikolas ihn nicht getötet hätte, wäre Hannah nicht weggelaufen und Thomas hätte nicht dieses Tagebuch gefunden, das ihn direkt zu Nikolas geführt hatte. So schloss sich der Kreis und jetzt waren sie ganz nah dran, ihre Königin wieder nach Hause zu bringen.

»Nikolas fährt ihr nach«, sagte Taro. »Sie ist schon unterwegs. Sie will Hannah nach Hause bringen. Und Nikolas sagt, er habe kurz ihr Bewusstsein gespürt. Sie scheint sich an etwas zu erinnern.«

»Das heißt, sie hat all ihre Erinnerungen verloren?«

Taro nickte bedrückt. »Es muss die Hölle für sie gewesen sein...«, sagte er nachdenklich. »Nicht zu wissen, wer sie ist oder wo sie herkommt.«

Lucy nickte betroffen. »Sechs Jahre«, sagte sie. »Und ihr habt nie auch nur eine Spur gehabt?«

Taro schüttelte den Kopf und seufzte schwer. »Ich war lange Zeit sehr wütend auf Nikolas. Weil er so einen tiefen Absturz bei ihr bewirkt hat. Er hat für mich alles verkörpert, was ich an deiner Welt so sehr hasse«, erzählte er. »Er trug die Schuld am Verlust unserer Königin und meiner Mutter. Ihn aus dem Land zu jagen war eine Genugtuung für mich gewesen.« Schuldbewusst sah er Lucy an.

Sie erwiderte seinen Blick verständnisvoll. Ihr wurde auf einmal so vieles klar, dass sie kaum Worte fand. »Ich kann mir kaum vorstellen«, sagte sie dann, »welche Schuldgefühle er all die Jahre mit sich herum getragen hat.«

Taro senkte den Kopf und war sich bewusst darüber, dass er mit seiner Wut Nikolas' Schuldgefühle nur noch mehr verstärkt hatte.

»Und«, fügte Lucy noch an, »welche Sorgen und Ängste du durchgestanden hast. Nicht zu wissen, was mit deiner Mutter passiert ist... das ist furchtbar.«

Jetzt hob er überrascht den Kopf und sah sie groß an.

Sie berührte sanft sein Gesicht. »Es tut mir leid«, sagte sie dann.

Er zwinkerte irritiert. »Du kannst doch nichts dafür, Lucy.«

Sie seufzte. »Ich habe dich verabscheuungswürdig genannt«, erinnerte sie sich.

Jetzt lachte er. »Ich *war* ja auch verabscheuungswürdig, Liebes!«

Als er *Liebes* zu ihr sagte, wurde ihr warm. Schnell löste sie sich von ihm, nahm Abstand und wich seinem Blick aus. Dann räusperte sie sich angestrengt und holte tief Luft. »Aber«, sagte sie dann kühl, »jetzt hat er sie ja gefunden. Es ist jetzt alles wieder gut, oder?«

Taro grinste in sich hinein und seufzte. Doch er ging auf ihr Ablenkungsmanöver ein. »Ja, wenn wir uns an den Ablauf halten«, sagte er. »Mika sieht alles ganz genau. Es darf jetzt keine Abweichungen geben. Niemand darf mehr ausrasten, wir müssen alle auf unsere Gedanken und Gefühle aufpassen und niemand darf mehr abstürzen. Jede kleinste Abweichung kann jetzt zu einem anderen Ergebnis führen. Die Energie steigt immer mehr an und Manifestationen geschehen fast in Sekunden.«

»Ich weiß«, sagte Lucy leise und sah ihn immer noch nicht an. »Das habe ich gestern gemerkt.«

»Ich weiß«, sagte Taro grinsend. »Habe ich mitbekommen.«

Lucy drehte vor Scham den Kopf weg. »Bitte, sag jetzt nichts mehr«, bat sie verzweifelt. »Ich halte das nicht mehr aus, Taro. Ich kann dir nicht mehr standhalten und ich will Nikolas nicht verletzen. Ich will das nicht kaputt machen. Bitte.«

Taro berührte jetzt ihr Kinn und bewegte ihren Kopf zu sich. Als sie aufsah, hatte sie Tränen in den Augen. Er streichelte sanft mit der Rückseite seiner Finger über ihre Wange. »Weißt du, was geschehen wird, wenn wir das jetzt nicht klären?«, fragte Taro vorsichtig.

Lucy sagte nichts und sie wollte es auch eigentlich gar nicht hören. Aber sie sah ihn trotzdem an.

»Es wird immer wieder zu Ausrutschern kommen, wenn wir das jetzt nicht klären. Und damit meine ich Seitensprünge, Küsse, Berührungen. Diese Leidenschaft wird immer stärker werden, je mehr du dich dagegen wehrst. Du machst das Verlangen damit stärker. Und dann wirst du Nikolas irgendwann verlieren.«

Lucy riss vor Schreck die Augen auf. »Nein«, hauchte sie. »Nein!«

»Dann hör mir jetzt zu. Es hat Gründe, warum wir uns so zueinander hingezogen fühlen, obwohl unsere Herzen schon längst vergeben sind. Ich spiegele dir etwas, das du in dir selbst verdrängst oder einfach nicht herauslässt. Du weißt: Alles, was uns an anderen Menschen begeistert und fasziniert...«

»...haben wir selbst in uns«, führte Lucy seinen Satz zu Ende.

»Richtig. Da ist etwas in dir, das du herauslassen musst. Etwas, das du in mir siehst und das dich anzieht wie ein Magnet. Und genauso ist es umgekehrt. Ich sehe etwas in dir, dass in mir im Verborgenen liegt und das ich nicht auslebe. Etwas, das mich so sehr fasziniert, dass ich meine Finger nicht von dir lassen kann.« Er grinste und Lucy musste leise lachen. »Wir müssen das jetzt auflösen, sonst wird es immer so weitergehen.«

»Aber«, Lucy wich ein wenig von ihm zurück und holte tief Luft, »es ist nicht nur die Faszination, die du in mir auslöst, sondern auch... ich weiß nicht, wie ich es sagen soll.« Sie sah ihn lange an und schien nach den richtigen Worten zu suchen. Aber es gab keine Worte, die ihr Verlangen in irgendeiner Weise vorsichtig und schleierhaft umschreiben konnten. Es ging nur direkt. Und das war normalerweise nicht ihre Art. »Ich... will... dich«, sagte sie so leise, dass man es kaum hören konnte und fühlte sich dabei so furchtbar, dass es weh tat. Aber es war die Wahrheit.

Taro schmunzelte, berührte sie mit einer Hand an ihrem Nacken und zog sie zu sich. »Komm her«, hauchte er und küsste sie einfach.

20

EIN BEBEN DER FREUDE

Hilar war derjenige, der die frohe Botschaft nach Lumenia trug. Und sobald er das Land betrat, verbreitete sich die Nachricht in Sekundenschnelle. *Nikolas hat die Königin gefunden!!*

Es dauerte wirklich nicht lange. Er war gerade auf dem Weg zum Palast, da hörte er bereits Jubelschreie, Musik und sah tanzende Menschen. Viele Leute kamen zu ihm gelaufen, weil sie den Gedanken aufgeschnappt hatten und fragten: »Ist es wahr? Hat Nikolas sie gefunden?«

Hilar nickte glücklich.

»Oh mein Gott!« Das war jedes Mal die Reaktion. Und dann kamen die Tränen. Freudentränen.

Als er ankam, waren bereits spontane Freudenfeste ausgebrochen. Das hörte er deutlich. Und die Nachricht verbreitete sich weiter über Lumenia hinaus in die anderen Städte des Landes. Er spürte regelrecht, wie ein Beben der Freude und Erleichterung durch das ganze Land zog. Ganz Lumenia atmete auf. Bei all diesen Gefühlen, die ihn durchströmten, kamen ihm ebenfalls die Tränen. Mit verschwommenem Blick trat er in den Palast ein und lief sofort zur großen Treppe.

Ein weißer Gardist kam gerade herunter und sah ihn mit großen Augen an. »Er hat es schon mitbekommen«, sagte er. »Ist es wirklich wahr?«

»Ja«, antwortete Hilar.

»Mein Gott«, entgegnete er. »Ich habe mich gefragt, wann dieser Tag kommen würde. Ich hatte schon fast die Hoffnung verloren.«

»Ich weiß«, entgegnete Hilar. »So ging es wohl vielen.«

»Vielleicht ist deswegen die Energie immer weiter abgesunken«, vermutete der Gardist.

»Wenn es so ist«, sagte Hilar, »wird sie jetzt wieder steigen. Auf jeden Fall tobt gerade ein Freudensturm durchs Land. Das hebt uns schon mal enorm an.«

Der Gardist lachte. »Ich spüre es. Ich glaube, die Leute rasten gerade ziemlich aus.«

Hilar lachte ebenfalls.

»Geh zum König. Er wartet schon auf dich.«

Das ließ sich Hilar kein zweites Mal sagen. Er rannte die Stufen hinauf und hielt nicht an, bis er vor seinem Büro stand. Dort verschnaufte er erst einmal kurz. Und gerade als er anklopfen wollte, schwebte die Tür auf.

Quidea stand an seinem Schreibtisch. Seine Hände hatte er auf dem Tisch aufgestützt. Sein Kopf war gesenkt. Als Hilar jedoch eintrat, hob er den Kopf an und lächelte ihm entgegen. Seine Augen waren glasig. Doch er sagte nichts.

Hilar trat näher. »Er hat sie tatsächlich gefunden«, sagte er so sanft wie er konnte. Er wusste, dass der König gerade mit den Tränen kämpfte. »In Frankreich«, fügte er atemlos hinzu.

Quidea lachte. »Ja. Das passt zu ihr.«

Hilar lachte ebenfalls. Er spürte, was für ein Beben an Gefühlen gerade in Quidea vor sich ging und war völlig überwältigt davon. Hinzu kam die Freude, die gerade durch das Land schwappte wie eine Welle aus Licht. Er war ganz benommen und fand keine Worte.

»Der Ältestenrat ist auf dem Weg hierher«, sagte Quidea jetzt und riss sich damit erst einmal zusammen. Er zupfte seinen Anzug zurecht und nahm einen tiefen Atemzug. »Wir sollten die Leute vorbereiten. Eine Begegnung mit Marin«, sagte er und genoss es sichtlich, ihren Namen auszusprechen, »kann heftige Reaktionen auslösen.« Dabei sah er Hilar bedeutsam an.

Hilar nickte. Jeder in Lumenia wusste, wie mächtig diese Frau war. Allein ihre Gegenwart löste einen Aufstieg aus. Wie musste es erst für die Menschen in der Gegenwelt sein? Es war ihm ein Rätsel, dass sie nicht für mehr Aufsehen gesorgt hatte. So hätten sie sie wenigstens finden können. Sie musste doch für ein totales Chaos gesorgt haben! Doch sie hatten nie etwas in den Nachrichten gesehen oder gehört, nie etwas von der Polizei abgefangen. Hilar runzelte die Stirn. »Ich verstehe es nicht«, sagte er. »Allein ihre Gegenwart...«

»Ich weiß«, sagte Quidea. »Jeder Mensch, der ihr begegnet ist, muss stärkste Aufstiegssymptome durchgemacht haben. Ich vermute aber, dass ihre Schwingung geschwächt war. Sonst hätte sie eindeutig für mehr Aufsehen gesorgt.«

Hilar nickte. Ja, so musste es sein.

Jetzt kam der Ältestenrat ins Büro gestürmt. »Ist es

wahr?«, riefen sie alle fast zeitgleich.

Quidea nickte glücklich. »Ja, Nikolas hat sie gefunden.«

Ein Seufzen der Erleichterung drang durch den Raum.

»Um Himmels Willen, wie geht es ihr??«, fragte Enara, eine der Ältesten.

»Ich weiß es noch nicht«, entgegnete Quidea. »Meine Söhne haben sie noch nicht gesehen. Ich vermute, wenn Marin sie sieht, werden all ihre Erinnerungen mit einem Schlag zurück kommen. Und damit auch ihre Kräfte. Das könnte einen Sturm auslösen.«

Alle nickten. Sie wussten, was er mit »Sturm« meinte.

»Deswegen sollten wir die Garde hinüber schicken, damit das Ganze möglichst glimpflich abläuft. Hilar?«

Hilar stellte sich stramm auf. »Ja?«

»Bitte stelle eine Armee zusammen. Möglichst viele weiße Gardisten. Sie müssen ihre überschießende Energie auffangen, damit sie keine Katastrophen auslöst.«

Hilar nickte.

»Wo ist sie jetzt?«, fragte einer der Ältesten.

»Sie ist unterwegs«, sagte Quidea. »Mika weiß, wo sie mit meinen Söhnen aufeinander treffen wird.« Er lächelte. »Mächtige, kleine Mika. Sie hat es die ganze Zeit geahnt. Deswegen habe ich sie hinüber geschickt.«

»Wir sind also gerettet«, sagte Enara jetzt.

»Das steht noch nicht fest«, entgegnete Quidea. »Es kann noch viel passieren. Aber für's Erste«, sagte er glücklich und lächelte, »holen wir erst einmal unsere Königin nach Hause.«

22

EKSTASE

Lucy konnte sich gegen die aufkommenden Gefühle nicht wehren und das wollte sie auch nicht. Taro entfachte ein solches Feuer in ihr, dass sie vor Leidenschaft fast den Verstand verlor. Jede Vernunft schaltete sich aus und überließ ihrem Körper die Führung. Sie umschlang ihn und erwiderte seine Küsse mit einer solchen Inbrunst, dass Taro für einen kurzen Moment die Kontrolle verlor, sie packte und der Länge nach auf die Sitzfläche der Couch zog. Als er sich dann auf sie legte und an gefährlichen Stellen berührte, schnappte sie nach Luft und drückte ihn ein wenig von sich. Sie kniff die Augen zu und biss sich auf die Lippen. Und auch Taro biss die Zähne zusammen, vergrub sein Gesicht schwer atmend in ihrem Haar und griff so fest in die Lehne der Couch, dass er glaubte, sie würde gleich zerbrechen.

»Entschuldige«, flüsterte er in ihr Ohr und versuchte, sich zusammenzureißen. Es fiel ihm wahnsinnig schwer.

»Schon gut«, murmelte Lucy heiser. »War meine Schuld.«

Sie hatte geradezu den Schalter einschnappen hören, als sie ihm mit ihren leidenschaftlichen Küssen den Verstand ausgeknipst hatte.

Er hob den Kopf, sah sie an und küsste sie dann erneut. Dieses Mal jedoch sanfter und vorsichtiger. Und dann tat er das, was er eigentlich vorgehabt hatte. Er berührte sie an keiner Stelle ihres Körpers, doch sie fühlte, wie er ihr die Kleider vom Leib streifte.

Lucy löste sich von seinen Lippen. »Was machst du?«

»Gar nichts«, sagte er und zeigte ihr seine Hände. »Ich fasse dich nicht an. Versprochen.« Er wollte es so sehr. Aber er wusste, dass sie damit nicht würde umgehen können. Sie würde sich immer Vorwürfe machen und ihre Schuldgefühle würden auf ihrer Beziehung zu Nikolas lasten. Das wollte er auf keinen Fall. Er liebte sie. Und er wollte, dass sie glücklich war. Jedoch wollte er wenigstens einmal diese Einheit mit ihr erleben und dabei all ihre und auch seine Schatten auflösen. Es wäre das einzige Mal in ihrer beider Leben, denn danach wäre ihr Verlangen fort und würde nie wieder kommen. Also vereinigte er sich mit ihr auf eine Weise, die einem Traum glich und immer ein Traum bleiben würde. Ein Erlebnis der Fantasie, das der Realität jedoch in nichts nachstand. Es würde ihnen für immer in Erinnerung bleiben und nie seine Intensität verlieren. Dafür würde er sorgen.

Als Lucy spürte, wie er ihr über den nackten Körper streichelte, der in Wirklichkeit gar nicht nackt war, schnappte sie nach Luft. »Wie... wie machst du das?«, hauchte sie.

»Sieh es als parallele Realität«, sagte er grinsend. »Eine Traumwelt, in der wir uns austoben können.« Er wusste, wie echt solch eine Illusion wirken konnte. Sie war nicht weniger real als die Wirklichkeit.

Als er ihre Hüften an sich heranzog, war ihr klar, was er tat. Er würde sie in der Fantasie das erleben lassen, was sie sich in der Realität verbot. Er tat mit ihr dasselbe, was er mit diesem Mann auf dem Bauernhof getan hatte. Nur auf eine positive Weise. Er suggerierte ihr ein Erlebnis, das niemals in der Realität stattfinden würde und erlebte es gleichzeitig auch selbst – mit ihr zusammen. Und währenddessen berührte sich nichts weiter als ihr hastiger Atem. Seine Hände blieben ihrem Körper fern.

Doch es war mehr als nur Sex. Während sie in ihrer Leidenschaft aufgingen, brach ihr Schatten aus ihr heraus. Das, was sie in ihm sah und selbst nicht sein konnte, erwachte in ihrem Bewusstsein. Wie ein Geist, der Besitz von ihr ergriff. Sie veränderte sich. Die Stärke, die Kraft, die Macht und das selbstsichere Auftreten ... alles, was sie an Taro bewunderte und was sie selbst immer sein wollte, kam in ihr zum Vorschein, als sei es immer dagewesen und habe nur darauf gewartet, von ihr entdeckt zu werden. Es kam hinter einer Mauer hervor, die er für sie einriss.

Sie hatte es schon einmal gespürt. In seltenen Momenten ihres Lebens. Als sie ihm das Leben gerettet hatte, war dieser Teil von ihr für einen kurzen Moment aus ihr herausgekommen, um etwas zu tun, das ihr Verstand für unmöglich hielt. Doch diesem Anteil von ihr war nichts unmöglich. Sowie auch für Taro nichts unmöglich war. Sie wollte immer so sein wie er. Sie hatte nicht geahnt, dass sie das, was sie an ihm bewunderte und was sie immer im Außen gesucht hatte, in sich selbst verbarg wie einen wertvollen Schatz. Jetzt endlich hob sie ihn aus der

Versenkung und ließ ihn strahlen. Er erfüllte sie mit jeder Faser und als sie spürte, wie sich dieses Bewusstsein in ihr integrierte, öffnete sie die Augen und sah ihn an. Mit einem Blick, der ihre neu gewonnene Größe und ihr Machtbewusstsein widerspiegelte. Mit demselben Blick begegnete ihr Taro. Zwei mächtige Wesen, die in Ekstase aufflammten und miteinander verschmolzen. Es war ein ganz neues Erlebnis. Lucy war ihm ebenbürtig. Sie war nicht kleiner, nicht schwächer und nicht weniger selbstbewusst als er. Sie wollte nicht mehr seine Stärke spüren und seine Kraft, seine unbegrenzten Mächte und seine felsenfeste Sicherheit und Kontrolle, denn sie spürte das alles jetzt in sich selbst. Er musste es ihr nicht mehr spiegeln. Ihr Schatten war aufgelöst. Für immer gegangen.

Alles, was sie spürte, war nur noch die Einheit zweier mächtiger Götter. Die Ekstase, zu der sie sich hinauf trieben, ließ sie eins werden und die Verbundenheit mit allem spüren, was existierte. Sie waren nicht nur Zwillinge im Herzen, sie waren Zwillingsseelen. Vom Schicksal zusammengeführt, um gemeinsam zu wachsen und zu lernen. Und um zu erwachen. Sie hatten sich gegenseitig gebraucht wie ein fehlendes Puzzlestück, um ganz zu werden. Eins mit sich selbst und ihrem göttlichen Kern. Die Einheit, die sie gemeinsam erlebten, verwandelte sie in sich selbst und schüttelte alles ab, was nicht mehr zu ihnen gehörte. Und was übrig blieb, waren sie – unverfälscht und echt. Ohne Masken und ohne Schatten.

21

DER INNERE KAMPF

Nikolas starrte stumm auf die Straße. Er versuchte, Thomas' ständige Fragerei zu ignorieren, aber er nervte ihn tödlich. Doch das lag vermutlich nur daran, dass Nikolas immer weiter in eine Spirale des Widerstands rutschte. Er fand keinerlei Zugang zu Lucy oder Taro, um die Informationen, die er gerade von Melanie erhalten hatte, weiterzugeben. Und das war kein gutes Zeichen. Er vermutete, dass seine Befürchtung wahr geworden war und sie sich gerade viel zu nahe waren. Er hatte keinen Zugang zu seiner Intuition, um herauszufinden, was sie gerade taten. Und auch das lag an seinem Widerstand. Er fluchte innerlich und umgriff viel zu fest das Lenkrad. Gerade hatte er von Melanie erfahren, dass seine Mutter von Leuten gejagt worden war, die es auf Übersinnliche abgesehen hatten. Und dabei dachte er an Lucy. Sie hatte – ganz am Anfang, als sie zusammen in dieses Haus gezogen waren – einen Übersinnlichen Jungen in einer Caféteria gesehen. Der Junge hatte Lucys übersinnliche Kräfte bemerkt, als sie diese noch nicht so gut unter Kontrolle gehabt hatte. Nikolas vermutete, dass es zwischen diesem Jungen und dem, was Melanie ihm erzählt hatte, irgendeinen Zusammenhang gab. Doch er konnte gerade mit niemandem darüber reden. Hilar war in Lumenia und Taro... vermutlich mit Lucy beschäftigt. Er biss die Zähne zusammen.

»Also erzählst du jetzt, was das war, verdammt?«, schnauzte Thomas ihn an. »Eine Organisation, die Übersinnliche jagt«, wiederholte er Melanies Worte. »Das ist doch wohl ein schlechter Witz!«

»Warum fragst du, wenn du es sowieso nicht glaubst?«, schnauzte Nikolas zurück. Er war so genervt, dass er ihn am liebsten aus dem Wagen geschmissen hätte. Seine Gedanken wanderten ständig von Lucy zu seiner Mutter und wieder zurück. Er gab Gas, um seine Mutter vielleicht doch noch einholen zu können. Er wusste nicht, was passieren würde, wenn sie ihre Erinnerungen zurück erlangte und niemand in der Nähe war, um zu helfen. Es war gut möglich, dass sie eine Katastrophe auslöste, wenn all ihre Kräfte auf einen Schlag zu ihr zurück kamen. Dann dachte er wieder an Lucy. Ob sie ihn zurück wollte, wenn er wieder da war? Verdammt, er musste sich beruhigen. Seine Intuition war völlig ausgeschaltet. Er erinnerte sich an die Zeit zurück, als dies das letzte Mal mit ihm passiert war. Damals hatte er völlig seinen Glauben an sich verloren. Das durfte nicht noch einmal passieren.

Nik?

Nikolas horchte auf. Er hatte Aleas Stimme im Kopf gehört. *Alea??*

Ich weiß, was du durchmachst, dachte sie und schickte ihm sanfte, verständnisvolle Gefühle.

Natürlich wusste sie das, dachte er. Sie liebte Taro. Und für sie war diese Situation gerade genauso schwer wie für ihn.

Wir dürfen nicht zulassen, dass wir deswegen abstürzen, dachte sie. *Wir werden zur Zeit alle ziemlich herausgefordert. Jeder Einzelne. Das liegt an der steigenden Schwingung. Sie bringt all unsere Schatten hervor. Ängste, Traumata...,* zählte sie auf.

Ja, sie hatte recht. Er wurde gerade direkt mit der Nase auf seine Ängste gestoßen. Er holte tief Luft und nahm seine Angst, Lucy verlieren zu können, sofort an. Er atmete hinein, bis sich sein Gemüt langsam beruhigte. Thomas' ständige Fragerei ignorierte er immer noch. *Danke,* sagte er innerlich zu Alea.

Sie schickte ihm ein Lächeln. *Für mich ist es auch schwer. Aber wir erleben das nur, weil wir es auflösen müssen. Wir haben beide diese tief sitzende Angst, den Menschen zu verlieren, der uns am wichtigsten ist. Die ganze Welt kämpft gerade mit ihren Schatten. Wir sind davon nicht ausgenommen.*

Ja, dachte Nikolas. Offenbar passierte gerade genau das, was Taro mit seinem halsbrecherischen Plan vorgehabt hatte. Die Energie der Welt steigt an. Nur dass es auf eine Weise geschieht, welche die Menschen nicht umbringt. Die Welt gibt den Menschen die Chance, ihr zu folgen und mit ihr aufzusteigen. Und die Menschen entscheiden selbst, ob sie sich ihren Schatten stellen, sie akzeptieren und damit loslassen, oder ob sie sich dagegen wehren. Jeder führte gerade diesen Kampf mit sich selbst. Auch Nikolas war gerade in diesen Kampf hinein gerutscht. Er seufzte. *Danke, dass du mich daran erinnert hast. Ich hätte Thomas gerade fast aus dem Wagen getreten vor lauter Anspannung.*

Alea lachte. *Habe ich mitbekommen. Beruhige dich. Dann hast du auch wieder Zugang zu deiner Intuition.*

Er war überrascht. Hatte sie die ganze Zeit schon in ihn hinein gelauscht?

Ich wollte mich ablenken. Taro ist gerade ... ausgeklinkt.

Ich weiß, dachte Nikolas und versuchte dabei, tief durchzuatmen. *Es gab eine Organisation, die hinter Marin her war,* berichtete er dann, um das Thema zu wechseln.

Erzähl, bat Alea und war dankbar, dass er sie endlich von Taro ablenkte.

Offenbar hat Marin doch für reichlich Aufsehen gesorgt, was die Aufmerksamkeit dieser Leute erregt hat. Melanie hat erzählt, dass sie Übersinnliche jagen, um sie für ihre Zwecke zu nutzen, berichtete Nikolas.

Und was für Zwecke sind das?

Wahrscheinlich wollen sie sie für Geheimdienste nutzen oder als bessere Soldaten, mutmaßte Nikolas. *Ich hatte nicht viel Zeit, Fragen zu stellen. Ich will meine Mutter einholen.*

Alea nickte. *Sie muss ja ein Jackpot für diese Leute gewesen sein. So etwas haben sie womöglich noch nie gesehen.*

Nikolas lachte. *Ich hoffe, sie hat ihnen den Garaus gemacht.*

Auch Alea lachte jetzt. *Das hat sie mit Sicherheit. Eine Göttin wie Marin zu jagen...,* sie lachte wieder, *...ziemlich dumm.*

Tja, sie hatten keine Ahnung, wen sie da jagen, dachte Nikolas. *Ich werde später mehr über die ganze Sache herausfinden. Erst mal ist nur wichtig, dass wir sie finden und nach Hause holen.*

Ja, dachte Alea. *Und das werden wir. Lass dich nur nicht in einen Kampf verstricken. Wir müssen jetzt besonders gut aufpassen.*

Nikolas nickte, woraufhin Thomas ihn fragwürdig anguckte.

»Ich werde schon herausfinden, was dahinter steckt«, drohte Thomas. »Ich habe schließlich auch herausgefunden, wo du wohnst. Du kannst froh sein, dass ich nicht zur Polizei gehe und ihnen das Tagebuch gebe. Dann finden sie ganz schnell heraus, dass du Marius umgebracht hast...«

Alea seufzte. *Jetzt droht er dir auch noch*, dachte sie. *Ich glaube, es wäre besser, wenn du ihn manipulierst. Er weiß schon viel zu viel.*

Nikolas nickte. *Ich regele das*, dachte er und sah Thomas an, der gerade ebenfalls innere Kämpfe mit sich austrug. Die ganze Welt kämpfte gerade. Jeder für sich und alle zusammen. Die meisten Menschen verstanden nur nicht, was mit ihnen los war. Und deshalb konnte er jetzt nicht mehr wütend oder genervt sein. Denn auch seine eigenen Kämpfe forderten ihn mehr heraus, als er je hätte vermuten können. Die Welt befand sich gerade in einem unaufhaltsamen Wandel – und jeder war ein Teil davon.

21

Die Fahrt

Maja, Miriams kleine Schwester, war noch nie in ihrem Leben so nervös gewesen. Nicht einmal in der Nacht, als sie von zu Hause ausgerissen war, um auf einem Schulfest zu tanzen. Ganz allein hatte sie damals auf der Bühne gestanden und vor allen Menschen ihre größte Leidenschaft ausgelebt. Sie hatte Angst davor gehabt und war so nervös gewesen, dass es in ihrem ganzen Körper gekribbelt hatte. Aber das war gar nichts im Vergleich dazu, wie sie sich jetzt fühlte. Es würde ein viel größeres Publikum auf sie warten. Und außerdem würde das Fernsehen dort sein und viele Presseleute, Talentsucher und andere wichtige Menschen, die ihr wahrscheinlich helfen konnten, eine große Karriere zu machen. Aber das war noch nicht alles. Sie würde an diesem Tag die Königin von Lumenia sehen. Mika hatte ihr gesagt, dass das passieren würde, wenn sie ihrer Leidenschaft folgte. Dass sie dann irgendwann auftauchen würde, ohne, dass sie noch irgendjemand suchen musste. Und heute war es soweit. Irgendwie und irgendwo würde sie plötzlich auftauchen. Vielleicht saß sie sogar im Publikum! Keiner wusste es. Sie wussten nur, dass es heute geschehen würde. Heute! An Majas großem Tag.

Im Auto war kaum noch Platz. Miriam und Hilar saßen mit ihr hinten und ihre Eltern vorne. Mika saß mit ihrem Hund in einem anderen Wagen, der direkt hinter ihnen fuhr. Dann kam Lucys Auto und dann die Autos ihrer Familien. Sie fuhren mit einer großen Wagenkolonne zu dieser Veranstaltung. Im CD-Player lief natürlich Michael Jackson. Das half Maja immer, ruhiger zu werden, wenn sie nervös war. Außerdem konnte sie sich so schon einmal innerlich auf ihren Auftritt vorbereiten. Es war bald soweit. Ihr Herz schlug wie wild gegen ihre Brust, aber irgendwie freute sie sich schon. Sie wusste noch, wie wunderbar es sich damals angefühlt hatte, auf der Bühne zu tanzen. Sie war geradezu vor Leidenschaft explodiert und sie konnte es kaum erwarten, es wieder zu tun. Auch wenn sie schon wieder Angst davor hatte.

Es wird alles gut, hörte sie Mikas Stimme in ihrem Kopf. *Du wirst die Leute von ihren Stühlen reißen! Und durch dich werden wir unsere Königin bald wieder in die Arme schließen können.*

Es war Maja ein Rätsel, wie Mika das alles so genau wissen konnte. Aber sie vertraute ihr. Wenn sie sich alle an den Ablauf halten würden, würde es passieren – dann würde die Königin zurückkehren. Sie verstand immer noch nicht, warum. Aber offenbar war es jetzt von großer Wichtigkeit, dass sie alle ihren Herzen folgten und sich ihren Ängsten stellten. Genau das würde zum perfekten Ergebnis führen. Für alle. Im Grunde – so hatte Mika ihr gesagt – sollte das jeder Mensch jederzeit tun. Denn genau das war immer die richtige Art zu leben. Doch gerade jetzt war es von größter Wichtigkeit. Nicht nur, um die Königin zu finden, sondern auch, weil die Welt sich in einem großen Wandel befand und man diesen Wandel nur auf diese Weise unterstützen und auch am besten überstehen konnte. Und das glaubte Maja ihr aufs Wort. Denn es passierten gerade wirklich sehr seltsame Dinge auf der Welt.

Lucy saß völlig entspannt im Auto und sah immer wieder Taro an. Ungläubig betrachtete sie ihn einen Moment und blickte dann wieder aus dem Fenster. Er hatte mit allem recht gehabt und es wunderte sie, aber das Feuer und die Leidenschaft waren fort. Wie mit Eiswasser gelöscht. Das brennende Verlangen nach ihm war einfach verschwunden. Sie konnte es immer noch nicht glauben. Als habe er mit diesem einen leidenschaftlichen Erlebnis ihren Hunger gestillt. Sie fand ihn trotzdem noch sehr attraktiv und anziehend und sie liebte ihn nach wie vor, aber sie hatte keine Angst mehr, dass sie die Kontrolle über sich verlieren würde, wenn er sie in den Arm nahm oder einfach nur neben ihr stand. Er war ihr Freund. Ihr bester Freund. Und wenn er sie jetzt küssen würde, würde sie es zwar schön finden, aber sie bettelte nicht mehr mit Leib und Seele darum. Genauso wenig, wie sie nach seiner Nähe lechzte. Es war jetzt einfach nur schön, bei ihm zu sein. Nicht mehr notwendig, um irgendein Verlangen zu stillen. Er hatte es ihr erklärt. Mehrmals. Aber sie blickte ihn trotzdem immer wieder fassungslos an.

Er lachte und sah zu ihr rüber. »Du hast deine Schatten

integriert, Lucy. Das, was du sein wolltest, was in dir gebrannt hat wie ein Feuer und was heraus wollte; das, was du in mir gesehen hast, hast du endlich als ein Teil von dir selbst erkannt«, erklärte er. »Ich habe es dir die ganze Zeit gespiegelt. Genauso, wie du mir gespiegelt hast, was ich so sehr wollte, aber nicht leben konnte.« Er sah immer wieder zu ihr und lächelte. »Die Fähigkeit, sich fallen lassen zu können, anderen zu vertrauen, Kontrolle abzugeben und loszulassen. Deine sanfte Weisheit, ohne alles kontrollieren zu müssen, auf das Gute zu vertrauen und es damit herbeizuführen haben mich zutiefst fasziniert, Lucy. Diese manchmal unwissende Leichtigkeit, mit der du lebst... danach habe ich mich gesehnt. Immer alles zu wissen, führt auch oft dazu, alles kontrollieren zu wollen. Alle Fäden in der Hand zu halten. Besonders bei mir Kontrollfreak. Obwohl ich mit Euphoria groß geworden bin, habe ich das nie ablegen können. Ich habe immer die Fäden in den Händen gehalten. Immer. Nie habe ich mich getraut, sie loszulassen, nie dem Leben vertraut. Ich war wohl zu erschrocken über diese fürchterliche Welt, von der Lumenia umgeben war und wollte alles tun, um zu verhindern, dass wir auch so enden. Als Nikolas dann in unser Leben kam und ich seinen Schmerz gesehen und gespürt habe, war es ganz aus. Ich wurde zum ultimativen Fädenzieher, der nichts unkontrolliert ließ. Kannst du dir vorstellen, wie anstrengend das ist?«

Oh ja, das konnte sich Lucy vorstellen. Sie hatte in ihrem Leben auch immer alles kontrollieren wollen, jedoch hatte sie diese Kontrolle im Außen versucht auszuüben und nicht wie Taro im Inneren, also mental. Sie hatte immer so viel unternommen, um ihr Leben zu verändern und so viel Kraft aufgewendet. Aber nichts hatte funktioniert. Das hatte in ihr den Glauben gefestigt, sie sei machtlos. Mit jedem Kontrollversuch war alles nur noch schlimmer geworden. Deshalb war es so faszinierend für sie gewesen, wie Taro alles um sich herum kontrollierte. Nicht nur die Ereignisse, sondern auch die Menschen. Es hatte sie zwar erschreckt, wie er die Menschen manipuliert hatte, aber insgeheim war sie fasziniert davon gewesen. Er hatte alles einfach so hin gebogen, wie er es brauchte und haben wollte und nichts stand ihm dabei im Weg. Kein Hindernis, keine Grenzen. Für sie, die trotz Kontrollversuche immer gescheitert war, war das so faszinierend gewesen, dass sie nicht mehr von ihm lassen konnte. Diese Kraft, die Stärke, das Durchsetzungsvermögen und diese Fähigkeit der Kontrolle hatten sie so sehr begeistert, dass sie ihn sich am liebsten einverleibt hätte. Mit Haut und Haaren. Er war so gewesen, wie sie gern sein wollte. Mächtig und ohne Grenzen. Dass er sich genau das Gegenteil gewünscht hatte, einfach mal alle Fäden loszulassen, dem Leben zu vertrauen und sich vom Schicksal tragen zu lassen, sich fallenzulassen, war ihr nicht klar gewesen. Und genau das hatte er in ihr gesehen. Obwohl sie aus dieser Welt kam, die er hasste und verabscheute, vertraute sie und ließ sich treiben. Er hatte sich nicht vorstellen können, wie sie das schaffte. Er selbst wäre vermutlich daran zerbrochen, alles in dieser Welt kontrollieren zu wollen. Diese Anstrengung hätte ihn womöglich umgebracht.

Lucy seufzte. »Ich habe mich in meinem Leben so oft angestrengt«, sagte sie, »um es zu kontrollieren. Aber es hat nie etwas gebracht. Immer, wenn ich mich für irgendetwas anstrenge, wird mein Leben schwer. Als würde ich mir damit Eisenklötze an die Füße hängen. Nichts geht mehr voran und alles wird schlimmer.«

»Das ist ganz klar«, sagte Taro. »Anstrengung erschafft erneut Situationen, in denen du dich anstrengen musst. Resonanz.«

»Natürlich«, entgegnete Lucy schnaubend. »Da hätte ich auch selber drauf kommen können.«

»Manchmal braucht man Spiegel«, sagte er grinsend und zwinkerte ihr zu.

Sie grinste zurück und war so dankbar, dass sie ihm begegnet war. So unendlich dankbar. Und das musste sie ihm jetzt einfach sagen. »Ich danke dir.«

Er sah sie kurz aber tief an und lächelte. »Nein, Lucy. Ich danke *dir*. Du hast mich gerettet. Mehrmals. Und du kannst dir sicher sein: Wann immer du irgendetwas brauchst – und wenn es nur eine Umarmung ist, weil Nikolas gerade nicht greifbar ist – werde ich da sein. Sofort. Du brauchst nur an mich zu denken. Du weißt, ich kann dich hören. Egal wo ich bin.«

Ihr Herz schmolz bei seinen Worten wie Butter in der Sonne. Er war einfach der liebste und treueste Kerl, den man sich vorstellen konnte. Sie hatte zwar die Leidenschaft für ihn verloren, aber dafür etwas Anderes gewonnen. Tiefe, innige und ewige Freundschaft.

»Und wenn du«, entgegnete sie glücklich, »je wieder

gerettet werden musst, klink dich ein«, sagte sie und deutete mit ihrem Finger auf ihre Schläfe.

Er lachte. Das süßeste Lachen dieser Erde.

Sie seufzte und dachte an Nikolas. »Ich hoffe, er verzeiht mir, dass...«

Taro unterbrach sie sofort. »Du hast ihn nicht betrogen«, sagte er. »Und er hat mehr Verständnis für dich, als du dir vorstellen kannst.«

Wieder seufzte sie und hoffte, dass diese Sache niemals zwischen ihnen stehen würde.

»Wird sie nicht«, antwortete Taro auf ihre Gedanken. »Vertrau mir.«

»Aber er hat sich immer noch nicht gemeldet«, entgegnete sie dann besorgt.

»Er ist auf dem Weg. Hab ein bisschen Vertrauen.« Dabei zwinkerte er ihr zu.

Ja, dachte sie. Das war vermutlich besser, als sich ständig Sorgen zu machen. Die ganze Situation war schon aufregend genug. Heute würden sie wahrscheinlich der Königin von Lumenia begegnen. Und diese Tatsache wühlte sie alle schon genug auf.

»Wie ist sie so?«, fragte Miriam und löste ihren Blick von den vorbeiziehenden Bäumen. Die Fahrt dauerte nicht mehr lange und ihre Aufregung stieg von Minute zu Minute.

Hilar lächelte. »Marin ist«, begann er, hielt dann jedoch inne und überlegte. »Das kann man kaum in Worte fassen. Sie wird dich umhauen.« Dabei sah er Miriam an und grinste.

Miriam erwiderte seinen Blick nachdenklich. Sie war so aufgeregt, dass ihr Herz ganz schnell schlug. Sie hätte so gern gewusst, was sie erwartete, wenn sie der Königin von Lumenia begegnete.

»Stell dir Quidea vor«, sagte Hilar dann, »nur hundertfach empathischer und emotionaler. Also eine Mischung aus Quidea und Taro plus einer erschütternden Fähigkeit, in Sekunden dein wahres Wesen aus dir heraus brechen zu lassen.«

Miriam guckte ihn groß an. Na prima, jetzt war sie noch aufgeregter. Sie wusste ja, dass man vor den Lumeniern nichts verheimlichen konnte. Dass sie einem direkt in die Seele sehen konnten. Doch bei Marin war diese Fähigkeit wohl noch um den Faktor erweitert, dass man das Herausbrechen des wahren Wesens gar nicht verhindern konnte.

Hilar nahm ihre Hand, um sie zu beruhigen. »Keine Angst«, sagte er. »Da bricht schon kein Monster aus dir heraus.«

Miriam lachte. »Das wohl nicht«, sagte sie. Doch irgendetwas machte ihr trotzdem Angst.

Hilar sah sie nachdenklich an und versuchte dabei, ihr Gefühlschaos zu ordnen, um herauszufinden, wovor sie sich fürchtete. Denn einer Göttin wie Marin zu begegnen, war nichts, wovor ein Mensch aus der Welt der schlafenden Götter Angst haben musste. Im Gegenteil! Es war doch etwas Gutes, wenn ein schlafender Gott erwachte und sein Potential aus ihm heraus brach! Doch dann erkannte er, wovor sie sich fürchtete. Er spürte es deutlich. »Du hast

Angst vor deiner Größe?!«, sagte er überrascht.

Miriam guckte ihn groß an. »Was?«

»Du fürchtest, dass du mit der Macht, die in dir steckt und die dann aus dir heraus brechen wird, nicht umgehen kannst«, erkannte er.

Miriam musste erneut erschrocken feststellen, dass er den Nagel genau auf den Kopf getroffen hatte. Sie hatte es selbst nicht einmal gewusst, bevor er die Worte ausgesprochen hatte. Sie hatte sich zwar ihr Leben lang gewünscht, übersinnlich zu sein und war mehr als fasziniert von der Tatsache, dass sich diese Fähigkeiten bereits in ihr entwickelt hatten, doch in ihr war eine unterschwellige Angst, was da noch alles in ihr schlummern könnte. Denn mit all diesen Fähigkeiten, die für Lumenier ganz normal waren, kam auch eine große Verantwortung. Sie konnte sich dann nicht mehr einfach so gehen lassen oder irgendjemanden für ihr Leid verantwortlich machen. Das konnte sie zwar jetzt schon nicht mehr, doch sie ruhte sich noch auf der Tatsache aus, dass sie ihre Kräfte ja noch nicht vollends entwickelt und unter Kontrolle hatte. So konnte sie versehentliche unangenehme Schöpfungen noch auf ihre Unzulänglichkeiten schieben. Doch das würde – wenn sie durch Marin vollständig erwachte – wohl vorbei sein.

»Miriam, Süße«, sagte Hilar liebevoll, »du erwartest von dir Perfektion. Doch du musst nicht perfekt sein, um mit deiner Kraft umgehen zu können.«

Sie sah ihn sorgenvoll an. »Und wenn ich mit meinen Gedanken versehentlich etwas Schlimmes erschaffe? So wie Lucy? Ich habe mein Gehirnchaos noch nicht so gut unter

Kontrolle.«

»Kontrolle ist gar nicht nötig«, antwortete er. »Wenn du all deine Gedanken und Gefühle einfach annimmst – auch wenn sie negativ sind – verschwinden sie genauso schnell, wie sie gekommen sind. Deshalb ist ja die erste Spielregel so wichtig. Akzeptanz. Dann kann sich ein negativer Gedanke gar nicht manifestieren, weil du ihm durch die Akzeptanz die Energie entziehst. Erst, wenn du dich dagegen auflehnst und Angst davor bekommst, erhält er Kraft.«

Sie nickte. Das hatte sie schon ganz vergessen. Doch sie war froh, dass er bei ihr war, um sie immer wieder daran zu erinnern. Sie atmete tief durch. Jedoch verflüchtigte sich ihre Angst nicht. Sie vermutete, dass sie sich durch ihre Angst genau das erschuf, was sie nicht wollte. Sie hatte also Angst vor ihrer Angst. Denn Angst war ja ein negatives Gefühl und erschuf negative Umstände. Jetzt bekam sie noch größere Angst vor ihrer Schöpfermacht.

»Angst«, sagte Hilar beruhigend, »erschafft nur Situationen, in denen du erneut Angst hast.«

Sie sah ihn hoffnungsvoll an.

»Wenn du zum Beispiel Angst vor roten Luftballons hast«, gab er als Beispiel und erntete dafür ein beherztes Lachen von Miriam, »weil du denkst, dass diese Luftballons dich umbringen können«, fuhr er schmunzelnd fort, »wirst du Situationen anziehen, in denen dir immer wieder rote Luftballons begegnen. Diese Luftballons werden dir immer wieder Angst einjagen. Aber sie werden dich nicht umbringen. Weil du die Angst davor anziehst. Nicht den Mord der Luftballons.«

Sie lachte so herzhaft, dass Hilar das Herz aufging.

»Ich denke, ich weiß, was du meinst«, sagte sie amüsiert. »Ich ziehe dann Situationen an, die in mir erneut Angst auslösen. Nicht die Sache vor der ich Angst habe. Richtig?«

Er nickte. »Genau. Also bleib einfach ruhig, wenn du spürst, dass Angst in dir hoch kommt. Nimm die Angst an. Dann verschwindet sie auch wieder.«

Sie nickte seufzend und spürte, wie sie endlich ruhiger wurde.

Es dauerte nur noch ein paar Minuten, dann erreichten sie den Parkplatz vor dem großen Gebäude, in dem Maja ihren Auftritt haben würde. Es war schon ziemlich voll und sie brauchten eine Weile, bis sie einen freien Parkplatz gefunden hatten. Als Miriam ausstieg, stieg auch neben ihr gerade eine Familie aus ihrem Wagen. Es waren zwei kleine Kinder dabei, die sich lautstark um etwas zu streiten schienen. Sie zerrten an irgendetwas, das sich wohl noch auf der Rückbank des Autos befand. Miriam wandte sich um und sah schließlich erschrocken zu, wie die Kinder vier große, rote Luftballons aus dem Wagen zogen und sich darum stritten. Fassungslos stand sie da und guckte die Luftballons an. Dann wandte sie sich zu Hilar um.

Auch Hilar stand mit offenem Mund da. Und sie beide fragten sich, ob die Schwingungen mittlerweile so hoch waren, dass sich Gedanken wirklich schon in Minuten manifestierten oder ob er diese Luftballons einfach vorausgesehen und mit seinem Beispiel verknüpft hatte. Doch Miriam kam der Gedanke, dass beides zutreffen könnte.

22

Majas grosser Auftritt

Es war brechend voll in diesem Saal. Kein einziger Stuhl stand leer. Das laute Raunen der Menschenmassen drang bis hinter die Bühne, wo Maja an ihrem Kostüm herum zupfte und sich immer wieder nervös die Haare glatt strich. »Keine Sorge«, beruhigte Mika sie und nahm ihre Hände. »Es wird alles gut gehen. Alles, was du zu tun hast, ist *leben*! Lebe deine Leidenschaft, so wie du es immer zu Hause machst. Tauche einfach ab und genieße es. Beachte die Leute gar nicht.«

Maja nickte und sah hinaus. Ihre ganze Familie saß in der ersten Reihe. Zusammen mit Taro, Lucy, ihren Eltern und David. Sie alle blickten voller Spannung auf die Bühne. Sie konnten es kaum erwarten, sie endlich tanzen zu sehen. Bisher hatten sie nur Videos gesehen, die bei ihrem letzten Auftritt gemacht worden waren. Verwackelte Videos, die nicht alles hatten erfassen können, was auf der Bühne geschehen war. Jetzt sahen sie sie das erste Mal live. Sie war so aufgeregt. Aber sie freute sich auch, ihnen endlich zeigen zu können, was in ihr steckte. Sie hatte es vor ihnen noch nie wirklich herausgelassen. Diese Kraft, die Energie, das Selbstbewusstsein, die Leidenschaft. Sie hatte ihnen zu Hause manchmal etwas vorgetanzt, was sie zwar jedes Mal begeistert hatte, ihnen aber nicht annähernd zeigte, wie das Feuer beim Tanzen in ihr explodieren konnte. Heute war es soweit. Endlich.

Vor ihr waren noch andere Kinder und Jugendliche dran, die ihr Talent zeigten. Ein paar Mädchen sangen, einige Jungs rappten und tanzten und eine Gruppe von Teenagern führte ein kurzes Musical auf. Und als Maja endlich dran war, kribbelte es in ihrem Bauch so wild, dass sie mehrmals tief einatmen musste, um sich zu beruhigen.

»Jetzt wird uns Maja Jenkins einen Tanz zu Michael Jackson vorführen. Applaus!«

Sie betrat die Bühne erst, als die Lichter ausgingen, der einzelne Scheinwerfer auf die Bühne strahlte und das Lied begann zu spielen, das sie sich für diesen Auftritt ausgesucht hatte. Sobald sie die ersten Klänge hörte, schaltete sich jede Aufregung in ihr ab und es war nur noch Leidenschaft in ihr. Der Rhythmus pulsierte durch ihre Adern und bewegte ihren Körper wie automatisch. Sie musste sich nicht anstrengen. Es geschah von ganz allein. Sie sah die Menschen nicht mehr und vergaß völlig, wo sie war. Sie spürte nur noch sich selbst und die Freude, den Spaß, die Euphorie an dem, was sie mehr als alles andere auf der Welt liebte. Das Tanzen. Sie fegte über die Bühne wie ein Wirbelsturm. Mit unmenschlichen Bewegungen folgte sie den Rhythmen, als würde sie sie mit ihrem Körper erschaffen. Sie verschmolz mit dem Lied zu einer Einheit. Sie *war* das Lied. Sie war die Musik, die sie völlig durchdrang. Sie hörte sie in ihrem Kopf, spürte sie in ihren Knochen, in ihren Adern, auf ihrer Haut, ja sogar in ihren Haaren. Ihre Bewegungen waren Klang.

Die Menge tobte. Sie klatschten, jubelten und sprangen vor Begeisterung auf. Sie hatten so etwas noch nie in ihrem Leben gesehen! Maja schien die Schwerkraft völlig außer Kraft zu setzen. Sie war wie ein Geist, der zu einem sichtbaren, materiellen Rhythmus geworden war. Sie selbst schien mit den Scheinwerfern aufzuflackern, mit dem Rhythmus zu beben und mit der Melodie und der Stimme des Sängers vollkommen eins zu sein. Jede ihrer Bewegungen fügte sich mit dem kleinsten Klang zusammen. Sie wurde in diesem Moment zu einem Ausdruck von Einheit.

Lucy betrachtete das Spektakel mit staunendem Gesicht und spürte, wie eine unglaubliche Energie durch den Raum pulsierte. Sie ging spürbar von Maja aus und schwappte in Wellen der Ekstase durch den Saal, berührte jeden einzelnen Menschen und löste etwas in ihnen aus. Etwas, das sie vergessen hatten. Vor langer langer Zeit. Die Göttlichkeit. Sie spürten sie in Majas Gegenwart, bei dem Anblick dieser Leidenschaft in sich erwachen und wurden dabei so euphorisch, dass sie vor Glück Tränen in den Augen hatten. Manche wussten nicht mehr, wie sie ihre Begeisterung zum Ausdruck bringen sollten. Klatschen und jubeln reichte nicht mehr, also sprangen sie auf und ab, überwältigt von dem, was Maja in ihnen zum Schwingen brachte. In ihnen brachen Türen auf, stürzten Mauern ein und brachten das Leuchten ihres waren Kerns hervor.

Taro beobachtete Maja ebenfalls mit überwältigten Blicken. Die Ekstase, die in ihr explodierte, berührte ihn so tief, dass er ebenfalls mit den Tränen kämpfte. Er spürte, was hier geschah. Spürte die Menschen erwachen, nur weil sie Maja beim Ausleben ihrer Göttlichkeit zusahen. Und in diesem Moment gab er sich geschlagen. Er sah sie. Endlich sah er die Göttlichkeit in den Menschen, die er verloren geglaubt hatte. Sie war noch da. Er spürte sie so deutlich, dass sie in ihm vibrierte wie Starkstrom.

Lucy sah ihn lächelnd an und nahm seine Hand. Sie hatte es geschafft. Sie hatte ihn überzeugt. Ohne irgendetwas getan zu haben. Maja war es, die ihn gerade aufrüttelte und ihm klar machte, wie göttlich die Menschen in dieser Welt noch immer waren. Wie sehr sie sich noch an diesen göttlichen Kern erinnerten und sich tief im Inneren danach sehnten. Sie spürten ihn so deutlich, dass sie geradezu in ihrer Ekstase abhoben.

Als Lucy wieder auf die Bühne sah, erstarrte sie plötzlich. Sie spürte etwas. Ein warmes, vertrautes Gefühl zog durch ihren ganzen Körper und durch ihren Geist. Ein Gefühl, das so stark war, dass es sogar die Ekstase verdrängte, die gerade durch den Raum schwappte. Sie riss sofort den Kopf herum, um den Eingang zu fixieren, von wo aus das Gefühl auf sie einströmte. Auch Taro und Hilar wandten sich um. Sie spürten es ebenfalls.»Nikolas«, flüsterte Lucy, wobei ihr Herz losraste. Sie spürte ihn. So deutlich und stark wie nie zuvor.

Taro machte Platz, schob die Menschen in seiner näheren

Umgebung beiseite und lotste Lucy durch die Reihen. *Lauf zu ihm*, hörte sie ihn denken. Das ließ sie sich nicht zweimal sagen. Sie spürte seine Präsenz immer deutlicher, rannte den Gang zwischen den jubelnden und klatschenden Menschen hinunter und blieb vor der geschlossenen Flügeltür stehen. Als sie sich dann öffnete und Nikolas zum Vorschein kam, überwältigten sie ihre Gefühle. Tränen liefen ihr über die vor Aufregung heißen Wangen und ihr Herz schlug gegen ihre Brust, als wollte es herausspringen, um von ihm in die Arme genommen zu werden.

Er lächelte. Das göttliche, freche Koboldlächeln, das sie so sehr liebte. Ihr ging das Herz auf. Erwachte wie eine Blume im Frühling. Und als er einen Schritt auf sie zu machte, sprang sie ihm weinend in die Arme.

»Ich liebe dich! Ich liebe dich! Ich liebe dich!«, rief sie immer wieder.

Nikolas lachte. Sein Klang löste Glückswellen in ihr aus. »Ich liebe dich auch, Lucy. Immer.«

Sie lagen sich lange in den Armen. Und Lucy spürte deutlich, dass er ihr nicht böse war und sie immer noch genauso liebte wie zuvor. Auch sie liebte ihn wie eh und je. Sogar noch etwas stärker, was sie kaum für möglich gehalten hatte. Sie waren wieder vereint. Und darüber war sie so glücklich, dass unentwegt Freudentränen über ihr Gesicht liefen.

Doch dann spürten sie beide etwas, das sie erschaudern ließ. Sie lösten sich aus der Umarmung und sahen sich an. Es war ein unbeschreibliches, markerschütterndes Gefühl. Es surrte in ihren Körpern und bebte im Boden. Lucy dachte zuerst, dass sie schon wieder die Kontrolle über ihre Kräfte verlor und die Umgebung auf ihre Gefühlswellen reagierte.

Doch Nikolas sagte: »Das bist du nicht.«

Lucy sah zur Bühne. Die letzten Klänge des Liedes ertönten aus den Lautsprechern, Maja kam zum Stillstand, die Menge kreischte und jubelte und irgendetwas bebte. Kam es von Maja?

»Nein«, hauchte Nikolas.

Sie sah ihn wieder an und spürte dann, dass dieses Beben nicht im Boden war und auch nicht im Gebäude, sondern in der Luft und in ihrem Bewusstsein. Es waren ihre Gefühle, die bebten. Ihre Gedanken. Alles, was sie waren.

Maja stand auf der Bühne und starrte den Eingang an und auch Mika lief auf die Bühne, um zu sehen, was hier vor sich ging. Sie spürten es beide genauso wie Lucy und Nikolas. Taro und Hilar stürmten in den Gang und sahen mit erschrockenen Gesichtern zu Lucy und Nikolas. Auch sie spürten es. Sogar all die anderen Menschen spürten etwas, konnten es aber nicht einordnen, also klatschten sie einfach weiter und konzentrierten sich auf Maja.

Nikolas nahm Lucys Hand und lief mit ihr aus der Halle. Taro und Hilar folgten ihnen so schnell nach, als stünde der Weltuntergang bevor. Doch das Gegenteil war der Fall.

Als sie das Gebäude verließen und auf den Parkplatz hinaus stürmten, blieben sie erstarrt stehen und blickten mit erschrockenen Gesichtern eine Frau an, die mitten auf dem Platz stand und ein Mädchen an der Hand hielt. Sie war die schönste Frau, die Lucy je gesehen hatte. Und es gingen solche Energiewellen von ihr aus, dass sie sich fühlte, als würde sie auf Watte stehen und warmes, vibrierendes Licht einatmen. Ihr Körper surrte und kribbelte und in ihr stieg die altbekannte, bebende Kraft auf, die ihr abermals zu Kopf stieg. Sie spürte Nikolas' Hand zittern und Hilar sagte hinter ihr mit tiefer Ehrfurcht in der Stimme: »Marin!«

In diesem Moment erklang ein Rauschen, als würde eine gewaltige Brandung gegen das Gebäude schlagen. Und plötzlich kam hinter der Frau eine riesige Armee von uniformierten, Lumenischen Gardisten zum Vorschein. Sie tauchten einfach wie aus dem Nichts auf und füllten den ganzen Platz aus und die ganze Straße. Das laute Rauschen verstummte erst, als ihnen voran auch Quidea erschien. Die Frau wandte sich um, betrachtete einen kurzen Augenblick die imposante Armee und wandte sich dann unbeeindruckt wieder Nikolas zu, der nun vortrat.

Sie hörten alle Marins durchdringende Stimme in ihren Köpfen, als sie Nikolas mit einem warmen Lächeln einen Gedanken schickte: *Ich habe dich vermisst. Mein Sohn.*

Fortsetzung folgt in Teil 5:
»Euphoria 5 – Die Macht der Götter«

Klappentext von Band 5:

Überwältigt von ihrer wiedererweckten Macht, fällt die Königin von Lumeria in einen selbt erzeugten Tiefschlaf, um sich vor den hereinströmenden Schwingungen zu schützen, während die Welt auf Grund der steigenden Energie weiter ins Chaos stürzt. Die Lumenier greifen ein, um das Schlimmste zu verhindern und werden dabei von Lucy und Miriam unterstützt, die im Eifer des Gefechts ihre wahren Kräfte entdecken.

Doch ein kleines Missgeschick verändert den Lauf der Zukunft und es dauert nicht mehr lange, da bricht der Schutzwall Lumenias zusammen und die Insel wird für den Rest der Welt sichtbar. In ihrer Panik versuchen sich die Lumenier vor dem Rest der Welt zu schützen, doch es kommt zum Schlimmsten. Unbemerkt setzt jemand einen Fuß auf die Insel und löst deren Untergang aus. Doch Lucy hat den Schlüssel zur Rettung des Landes längst entdeckt. Den Schlüssel, den auch Nikolas schon lange kennt und der ihn dazu befähigt hat, so mühelos zwischen den Welten zu reisen. Er muss ihnen nur bewusst werden. Doch dafür bleibt ihnen nicht viel Zeit.

Mehr Informationen zu diesem Buch, zu den Charakteren und dem Spiel der Götter, gibt es auf:

www.euphoria-lane.de